緬甸的美麗老建築面臨存廢危機

東南亞國家裡，除了泰國之外，都曾經被殖民過，所以各國多少都留下一些頗有特色的殖民式建築，譬如越南、寮國就有很多美麗的法式建築，當年竹聯幫大老、淡江大學土木測量系畢業的陳啓禮卜居於柬埔寨首都金邊時，所從事的一項經營，就是蒐購遺留下來破敗但結構還很好的法式建築，予以翻修轉賣。

緬甸則曾經是英國殖民地，所以也不例外，有大量的英式建築遺留下來，而且保存相對上還算完整。

這是因爲前獨裁者尼溫將軍於一九六二年發動政變奪取政權之後開始鎖國，前後五十年，緬甸幾乎完全免於開發商的「侵略」，各種各樣的殖民式建築都保持著原汁原味。

只不過緬甸自二〇一一年初開始宣布一連串開放措施，愈來愈多的遊客前往這個長久以來十分封閉的地方，許多投資者也蜂擁進入這塊資源豐富的處女之地，企圖一展拳腳。

仰光市區內隨處可見的殖民時期老建築，面對著虎視眈眈的開發商，也面臨了真實、迫切的存廢危機。

不過緬甸軍政府雖然殘暴不仁，但有一點還頗值得稱道。他們在一九九六年開始做保護古蹟的工作，當年就已把七十棟樓宇劃定爲國家遺產，如今已經有超過三百棟大樓列在名單中。

不過可惜的是，列在名單中的大多數是教堂、寺廟、佛塔，一般民間建築占的比例相對偏低。譬如說在史威邦薩大街，有棟由建築師霍華・卡特設計，建於一九二二年，可能是東南亞唯一埃及復興式建築。結果業主在幾年前進行大整修，把所有埃及式的裝潢全拆了，代換以現代瓷磚。

大體而言，仰光市的老建築是以小金塔（Sule Pagoda）爲中心，作棋盤式分布，包括了維多利亞式、新古典式、安妮女皇式……。仰光市甚至因爲擁有眾多的殖民式建築，而被稱作「時光停駐的城市」。

但是隨著開放腳步加速，時光顯然不可能永遠停留。特別是緬甸於二〇〇五年突然決定遷都，結果原先許多政府單位占用的大樓都空出來，而現在仰光市歷史城區的地價，已經可與美國的舊金山市相比擬，這些古蹟大樓就更成爲開發商眼中覬覦的目標。

警方取締，而是《曼谷郵報》刊出特別報導，引起群情大譁。孰料當地警方卻老神在在、毫無動作。《曼谷郵報》再接再厲刊出後續報導，使得曼谷警察總局頗感尷尬，沒通知當地警局逕行突擊掃蕩，才暫時遏止猖狂的非法業者。

當地警局爲何按兵不動？這個理由應該無須太多大腦就可想通。有次我寫了篇有關泰國人怕鬼的報導，某天坐計程車時和司機談起鬼的事情，不料他說不怕鬼。

「那你怕什麼？」

「我怕『丹布魯瓦（警察）』，他們什麼都不會，就會跟你要錢。」

他說的一點都沒錯，我的一位泰國朋友告訴我，在泰國當警察很有得賺，三、五年內還沒買房買車，那就是白幹了。

泰國警察在二〇一七年一月舉辦入選考試，結果驚爆作弊大案。警方證實，曼谷警察總署最近一次招收警察學員考試中，有四百多名考生涉嫌作弊。

警方調查發現，一名曼谷市的公務員僱用數名大學生作爲「槍手」，進入考場考試並將答案傳給作弊考生，每名「槍手」可獲得二至三萬泰銖（約與台幣等值）酬金，但作弊考生則要支付高達五十萬泰銖。

五十萬泰銖？這當然是要賺回來的。

泰國的怪力亂神

泰國是著名的佛國，各種有關神佛的奇聞軼事也特別多。

二〇一〇年「紅衫軍」示威大亂時，有一位最出風頭的人物，就是泰國家喻戶曉的歌星阿里斯曼。有次他下榻的旅館被軍警圍住，結果他用被單結成繩索從窗戶爬出逃走，成爲「紅衫軍」內的英雄，也是泰國人心目中的傳奇人物。

後來泰國軍警強力鎮壓、清場，原先在現場的阿里斯曼卻神奇的不見了。有人說他逃走，但也有很多人相信他被軍隊暗中幹掉，偷偷棄屍。

總之，阿里斯曼就這樣從人間消失，甚至於後來陸續有很多「紅衫軍」領袖被捕或自首，但都沒有他。

一直到「紅衫軍」支持的「爲泰黨」二〇一一年七月贏得選舉，才慢慢傳出阿里斯曼的訊息，原來他當時是逃到鄰國柬埔寨，就一直躲在那邊。

阿里斯曼是知名的公眾人物，他當時是怎逃出重圍的？

阿里斯曼後來通過電話對泰國媒體表示，他當時是靠著一種「隱身咒語」，以及三個具法力的佛牌，大大方方從示威現場「拉查帕頌十字路口」走出去的，因爲層層的鎮暴軍、警根本「看不到他」。

阿里斯曼說那個咒語是位和尚教他的，三個佛牌則是他在前述的旅館演出「蜘蛛人」之後，有人送他作護身用。

阿里斯曼起先並未將佛牌戴在身上，他說結果有次「夢到一個和尚」，問他爲什麼不把佛牌戴上，於是他從那時起就戴著佛牌。阿里斯曼說當年五月十九日，軍、警採取鎮壓、清場，他就戴著佛牌，口唸咒語，光著腳從「拉查帕頌十字路口」一直走到幾公里外的瑪卡杉橋頭，都沒有人看到他，隨後乘坐摩托車一路前往柬埔寨，同樣也是隱身的，一路上還躲了十萬發子彈。

神奇响，很多人相信呢。只不過既然別人看不見他，爲何還要向他射「十萬發子彈」，他又爲何還要一直躲在柬埔寨？

泰國有位馳名亞洲的神人，名爲「白龍王」。

其實像這樣的人泰國有很多，這些人並非僧人，而是號稱爲高僧的傳人，設有神壇的家也都在廟宇附近，身後擺大、小百尊各路神佛，他本人則身著白衣，煞有介事地坐在那邊爲來人解惑、算命，人稱「白衣阿贊」。

我有次有個機會隨友人去拜見一位「阿贊中的阿贊」。這位阿贊眞是高人，既不問生辰八字，也不看手紋、面相，就可以滔滔不絕論你的命、談你的理，灑聖水、吹神氣的動作更是熟嫻無比，費用其實不算貴，兩百三十泰銖而已，大約十分鐘解決一個。

同行一位女性向他問命。他竟然對這位從未結過婚也未懷過孕的女子說她曾失去兩個孩子，然後私下說，「今天人太多，改天妳自己來，我幫妳檢查一下」，女子轉述時指了指性器官部位。

如果他說對了，當然就一傳十、十傳百，那位女子搞不好也會單獨前去讓他「檢查」。可惜他沒說對，不過大家也只是當作笑話說說、聽聽，頂多下次不去了，反正還是會有別人去。

泰國美女總理穎拉二〇一一年上任一個多月後，她的夫婿、「第一先生」阿努頌對媒體記者透露，他們家的信箱自從穎拉上任之後，幾乎天天塞爆，多是求助或抱怨的信函，其中最多的是希望穎拉能夠提供彩券的明牌。

泰國人相當迷彩券，很多廟宇的附帶功能都是讓人求明牌。

穎拉上任之後也是一樣，有關她的歲數、生日等等都曾經被當作明牌過。有次，她的車牌號碼居然中獎，更讓泰國人瘋狂，想盡辦法要從穎拉身上得到彩票的「數字」靈感。阿弩頌表示，他特別提醒穎拉最好一直使用同一輛車，尤其是鄰近彩票開獎前夕，「免得別人眞的以爲我們在操作彩票」。穎拉的財產申報顯示她共擁有八輛車。

阿弩頌指出，並不是所有的信件都寫給穎拉，也有很多的收件人是他本人以及九歲大的兒子龍派，「寫給龍派的信，幾乎結尾都是『別忘了轉告你媽媽』」。

有次，一個外國通訊社發出一篇特寫報導，描述一位泰國農民幫他的母親辦喪禮，所有的過程、規格，都跟一般的喪禮並無二致，母親也穿著壽衣躺在棺材裡，孝子賢孫哭天喊地，親友前來弔唁致哀，寺廟高僧誦經超度，該有的一樣不少。

唯一就是，他的母親並沒有死，儀式完之後，又偷偷從棺材爬出來，每天照樣過日子。

爲什麼這樣做呢？不是觸霉頭嗎？

其實恰恰相反。他們這樣做的原因，就是要幫母親解霉運。因爲他們相信，幫母親辦過喪禮之後，倒楣的事以爲他們的母親已死，就不會上身了，是「置之死地而後生」啊。

所以這個做法的重點不在於死而在於生。

距離泰國首都曼谷東北一百零七公里的納空那育府（Nakom Nayok）有座名爲帕南曼尼（Pram Manee）的寺廟，就有提供「假死改運」的服務，而且所費不多，只要泰銖一百八十元（美金六元）買一組包括鮮花、牙膏、牙刷、食品在內的「功德桶」供奉寺內僧侶，所以也有不少觀光客特地前往「死一死」。

帕南曼尼廟的這個「死後重生」儀式每天進行兩趟，分別是上午九時零九分及下午一時零九分。

其實最初時，第二趟儀式是晚上九時零九分舉行。這是因爲泰國人篤信「九」能帶來好運，不過後來爲了配合觀光客的需求，才改爲下午時間。

儀式進行時，祈福者手持花束躺在棺材裡，僧侶一邊唸經，一邊將塊白布覆蓋在棺材上，意味著將霉運趕走，然後再將白布翻轉，重新蓋在棺材上，表示把好運拉回來。之後，祈福者就可在僧侶唸經聲中起身，走出棺材並接受聖水「灑淨」。

整個儀式不到十分鐘，你就重生啦。

當然，到廟裡來「死」的，大多數還是泰國本地人，有的人甚至一遇不順遂，就跑來死一次，所以「死了好幾遍」的大有人在。

好玩的是，他們似乎並不去思考，如果眞的有效，爲什麼還要死這麼多次？

正因爲如此，泰國也流傳著許多靈異事件，成爲拍鬼片的最佳題材，再加上至今仍廣爲眾人深信的「下降頭」、「驅魔」等等，更使得泰國鬼電影具有更多得天獨厚的素材與嚇人手法。

泰國人其實很怕鬼，就算在大白天，有人喊一聲「睇痞（有鬼）！」也會把泰國人嚇得哇哇叫。我有位卅多歲的泰國女性友人就承認，有回參加了朋友的葬禮，竟然嚇到晚上不敢上廁所而「不惜」尿床。

泰國鬼片眞正登上國際舞台，應該是一九九九年導演瑯吉．尼米布德（Nonzee Nimibutr）拍的《幽魂娜娜》（*Nong Nak*）。該片取材自泰國廣爲人知、據說是眞實的故事，敘述在戰事中倖存的男主角「麥」（Mak）返回村中，其妻「娜」（Nak）已在他參軍時難產而死，但因深愛丈夫，故不管陰陽兩隔，仍與「麥」過著以往的幸福生活。但知道眞相的好友一一被「娜」滅口，「麥」也因而發現妻子其實是鬼魂，最後村民請法師捉鬼，經過一場鬥法後，「麥」說服「娜」接受超度，自己亦出家爲僧。

這個故事先後拍過廿多部電影，但《幽魂娜娜》拍得最好，催人熱淚，口碑、賣座俱佳，不但將泰國鬼片推上國際舞台，更使得原來侷處曼谷昂路區（Onut）馬哈布廟一隅、紀念「娜」的神壇聲名大噪，從本來有些恐怖詭異的地方，成爲門庭若市、許多人口中的

「鬼妻廟」。

現在，泰國人已將「娜」當成神來祭拜，主要是求健康、姻緣、財運，許多人來此許願，然後用膏油在廟旁綁有彩色絲帶的兩株大樹及木船上塗抹，希望在膏油漫開中看到數字，然後簽買彩券。每到開獎日前，「鬼妻廟」都聚集著大批彩券小販。

來此祭拜者供奉的多是傳統女性衣服、香水、嬰兒用品及奶粉等等。不過許願方面倒是有些禁忌，譬如「娜」是難產而死，因此幾乎沒人前來求子。另外，「娜」最為人稱道的是對丈夫不渝的愛情，所以花心男也都不敢來亂闖「鬼妻廟」。

泰國刺青廟萬人大法會與法力刺青

東南亞國家的和尚，很多身上都有刺青，不過別搞錯了，這些「刺青和尚」並不是改過向善的黑道人士，而是道道地地的出家人，甚至很多和尚的刺青根本是在廟裡刺的。

和尚廟刺青？沒錯，在泰國，不但和尚廟有刺青，而且還很多和尚廟都有對外營業的刺青服務，其中最著名的一間，就是位於距曼谷八十公里、佛統府的班帕廟（Wat Bang Phra），所以班帕廟根本就被人稱作「刺青廟」。

每年三月間的佛日，班帕廟照例舉行「紋身節」大法會，上萬信徒一大清早就趕往班帕廟大廣場搶位子，爲的就是要參加大法會向已圓寂的住持龍波本致敬同時祈福。人稱「伏虎大師」的龍波本，在泰國可以說是無人不知。

很多人以爲獅子是「萬獸之王」，其實眞正的「萬獸之王」是亞洲的老虎。非洲的獅子慣於打群架，如果單獨碰到非洲五大猛獸之一的野牛，獅子只有落荒而逃一途，但是一向獨來獨往的老虎，卻有辦法力克野牛。

龍波本被稱作「伏虎大師」，可見得泰國人對他的崇敬。

龍波本出生於泰國六世皇朝代，一九二三年八月十二日誕生於佛統府，在家中排行第九，幼年曾全家遷移至素潘武里府居住，向龍波錠學習法會及佛法，龍波錠認爲他天資聰穎，心地善良，於是傾盡全力教導他一些可以保護自己的法術。

龍波本全家後來又遷回佛統府，他每天就在住家附近的班帕廟流連忘返，開始對泰國古傳的刺符與經咒著迷。

由於他自幼崇拜班帕廟的住持，於是二十五歲時就在本廟出家。出家期間，龍波

刺青廟大會。

本專研精修佛法及法術，也經常爲訓練自己的膽識，跑到深山洞穴中修行，因泰北的高僧法力較高強，龍波本也花了兩年時間到泰北學習，包括清邁、南邦、清萊等地區，都有他的足跡，他也因此成爲法力高強的高僧。

龍波本除了學習符咒知識與佛學之外，也跟隨龍波滇、龍波雲等當代刺青大師學習紋身刺青法門，後來還前往緬甸及泰國叢林深山裡修苦行戒律。

也就是在崇山峻嶺煙瘴氤氳與猛獸出沒的環境裡，龍波本竟然練成禪定伏虎功，法力之高，連凶猛的老虎遇到龍波本，都會讓路給他，任他驅使，龍波本也自此被喻爲「虎師尊」、「伏虎大師」，現在所可見到龍波本的造像，都是騎坐或站立在老虎身上。

龍波本畢生致力於佛教推廣與奉獻，當過多間寺廟住持，於一九七四年回到班帕廟接任住持，開始爲信眾進行法力刺青紋身，並鑄製佛牌供信徒請供，龍波本的佛牌都以老虎圖像爲主題，龍波本把紋身刺符及供請佛牌善款都用來興建佛寺、醫院、學校、造橋、建路，他是佛教界公認的慈善家，總計捐出的金額達五億泰銖。

龍波本擅長紋身刺青，據說讓龍波本刺青的人，可以刀槍不入。

他生前最爲泰國人嘖嘖稱奇的事蹟，就是某位讓龍波本刺青的男子，在莫明原因身故後，連法醫要驗屍的解剖刀都無法劃開遺體。

所以班帕廟在龍波本主持之下，很自然就以「刺青廟」而聞名遠近。一九九四年，泰國九世皇浦美蓬賜龍波本御扇，封為「詔坤」的僧階，龍波本也因此成為泰國九大名僧之一。

龍波本圓寂於二〇〇二年六月三十日，享年七十九歲，目前金身不壞的靈柩，還置於寺中，每日供眾善信參拜。

龍波本廟自從成為泰國首屆一指的法力刺青廟宇之後，每年三月的佛日都舉辦萬人祈福刺青大法會。法會開始之前，信眾都盤腿坐在台下閉目祈禱，不時會有信眾突然起乩，嘶聲吶喊衝向台前，祈福台前則早已排好一列來自報德善堂的大漢，阻擋「衝鋒」的信眾，並拍額撫耳為之解乩。

這個現象愈鄰近住持上台祈福的時刻就變得愈激烈，有陣子，起乩男子就像自殺飛機一樣，一個接一個衝向台前，蔚為奇觀。

最近幾年，泰國法力刺青在台灣也漸為人知，不同人馬都曾經帶泰國師傅（阿贊）前往台灣進行「法力刺青之旅」，甚至有人打著班帕廟首席刺青師的名號。

不過，班帕廟的首席刺青師只有一位，就是台灣泰國刺青達人孔祥蘭曾經兩度請去台灣的「阿贊布依」。「阿贊布依」的刺青術經過嚴格的正統修習，刺青的針法是「來線刺」，圖形線條細緻，神韻栩栩如生，特別是刺虎，無人能出其右，也正因爲如此，他才得以成爲以「虎」爲代表的班帕廟首席刺青師。

泰國法力刺青圖是由古傳今，每個圖形都有其特殊意涵，也必須要經過正統修習的法力刺青大師，才能眞正具有法力。

美國「婦女時代」（Woman's Day）網站透露，好萊塢影星安潔莉娜·裘莉和同爲明星、後來離婚的丈夫布萊德·彼特幾年前趁著在柬埔寨拍戲的空檔跑了泰國一趟，找泰國法力刺青大師阿贊努在兩人身上都添增了新的刺青。

裘莉的刺青在右後背中間的位置，是上有金字塔型的格狀圖案。彼特的刺青位於左腹部，位在先前所刺、名歌手鮑伯·狄倫名曲〈交易告吹〉的歌詞下方。

安潔莉娜向來不將刺青視爲單純的時尚，而是把它當作有帶來好運、改變命運的功效。二〇〇三年時，她就找阿贊努爲她在左肩胛骨刺上佛教經文，隔一年，又在後腰部刺了一隻老虎。

泰國本就是區域內的旅遊大國，吸引遊客的項目相當多，其中一項比較特殊的就是刺青，特別是在外國背包客最集中的曼谷市考山路，刺青店更是櫛比鱗次，街上的外國遊客很多身上都有花花綠綠的刺青，而且有不少遊客是定期到泰國來刺青，其中一個很大的原因就是價格廉宜。

只不過，泰國人本身並不太興這種「觀光刺青」，他們鍾意也習慣的是佛教意味濃厚的傳統刺青。這種刺青只有單一墨色，通常都配有佛教經文，刺青的場所多數都是刺青師傅在家中設置的佛堂，整個過程也有一定的程序、規矩，一點都不能馬虎。

當年，阿贊努爲安潔莉娜刺了那隻老虎，之後繪影繪聲地說她自從刺青之後星運大好，而使得泰國刺青走上國際，許多傳統刺青師傅也炙手可熱。

其實說到刺老虎，阿贊努並不算頂尖師傅，不過安潔莉娜就跟許多老外一樣，對東方的事、物不是這麼了解，也跟很多人一樣，只要是東方味道的，就管他的往身上刺。所以安潔莉娜的那隻老虎，在泰國人眼中看來只能算是「OK啦」的等級。

安潔莉娜身上有太多刺青，所以每次拍戲，都要勞煩化妝師把那些刺青遮掉。安潔莉娜究竟是不是因爲刺了經文之後眞的改運，不得而知，不過爲她刺青的阿贊努卻眞的改運了。以前，阿贊努刺一條經文的價碼是一千泰銖，但是他因裘莉而出名之後，一條經文的價碼已暴漲爲一萬泰銖，而且還需預約排隊。

以刺虎聞名全泰國的「阿贊布依」就指出，傳統的泰國刺青師傅根本不認那些觀光刺青店爲正統，甚至羞於與之爲伍，因爲從歷史的發展來看，刺青原本就是件很嚴肅的事，就像是泰國的國技「泰拳」，在比賽之前或結束，都有一定儀式，不僅僅只是搏擊。

商業化之後的刺青，著重的只是圖案、色彩，難登大雅之堂。以刺五條經文而出名的「阿贊喬」則指出，刺青在泰國有悠久的歷史，最早在二世皇時代興起。當時是戰士在身上刺各種帶有佛教符咒的動物圖樣，他們相信如此一來就可增加勇武甚至刀槍不入。到了五世皇時代，這個風氣漸漸傳至民間，一般百姓也開始在身上刺跟佛祖或神話故事有關的角色，以求獲得保護、權力或財運等。

譬如說老虎就代表了權力、勇氣，壁虎代表有很強的生存能力，鳳凰代表富貴、地位、人緣，烏龜則代表沉斂穩重。

「阿贊喬」說，「現代的人面臨很多壓力，越來越沒自信，把前述圖騰刺在身上，再加上圍繞圖騰周圍的梵文，因爲相信自己受到保護，無形中就增加了自信，有勇氣朝著自己希望的目標前進」。

泰國人相信，這樣的法力佛印刺青能爲自己帶來好運，也可以調整磁場、化險爲夷、消災解厄，不同的泰國刺青圖形、佛印圖案，都有不同的意義在內。

問題是刺青是個事前需要非常謹慎的事，因爲一旦刺上了，就無法除去，刺得不滿意，眞會天天看到都難過。

「阿贊布依」從十八歲起就拜入泰國刺虎泰斗、山希立坦廟的「阿贊頌」門下，之後又受教於相當於刺虎研究所的班帕廟的龍坡本，完全是師出名門。由於老虎代表的是武勇、權力，因此泰拳界很多名將都找過「阿贊布依」刺老虎。另外也有許多藝人、名人甚至和尚高僧，都來找過「阿贊布依」刺青祈福或油刺。

「阿贊布依」在刺老虎時異常專注，他表示老虎等於是他的招牌，所以刺起來特別用心，要把法力灌注在所刺的老虎身上，很多請「阿贊布依」刺虎的人也都感覺到身上的老虎具有法力，一傳十、十傳百，「阿贊布依」很自然就成爲泰國刺虎大師，聲名遠播到很多外府的寺廟都專程請他前往爲顧客刺虎。

其實「阿贊布依」除了刺虎之外，他的經文刺、八方法輪刺及圖騰刺等都很傑出，最主要就是「阿贊布依」很重視細節。譬如他的「鑽石符」就異常工整堅實，手工之精細，無出其右者。實際上，「阿贊布依」是一位難得的全方位的法力刺青大師，幾乎所有的泰國法力刺青圖形他都很擅長，而且顧客也可以事先自行備圖，「阿贊布伊」再配合刺上經文加持，就成爲一個完整的泰國刺青符。

「阿贊喬」最擅長的就是「五條經文」刺青。經文分別代表「改變風水」、「避霉運」、「解降頭」、「心想事成」，以及「人見人愛招人緣」。

「阿贊喬」刺經文時不只是刺，而是伴隨著口唸經文，讓這些效果與祝福卡進命運裡，除了五條經文之外，隨著個人命格不同與需求不同，還可以刺上人緣鳥、象神、老虎、九塔經文、八方法輪等多種不同圖騰。

安潔莉娜除了那隻老虎之外，左肩背上也刺了五條經文，分別是「妳的敵人都遠離妳」、「一旦得到富貴，永不離身」、「妳的美麗有如『阿普莎拉』仙女」、「不論妳去何處，都會有人跟著服侍妳、保護妳」以及「妳及妳的家人都災難離身」。

「五條經文」刺青還是以「阿贊喬」較爲專精。這種傳統刺青的最大特色就是用一根長針「手工刺」，事前、事後都有燒香膜拜的儀式，刺的時候師傅會一邊喃喃唸經，讓經文隨著針頭進入身體，常常，旁觀的人會不由自主地起乩，現場充滿神祕氣氛。

另外，爲了顧及有人並不希望在身體上留下痕跡，除了墨刺之外，還有種油刺，使用的是種透明油，傷口乾了之後，並無圖像，屬於隱形刺青。很多泰國人喜歡油刺，尤其女性考慮到周圍或家庭因素也傾向選擇油刺，因爲她們相信同樣有效果。此外，油刺因爲看不到，所以師傅在刺的時候必須更專注的唸經，所以泰國人反而相信隱形油刺的法力更強。

而真正有法力的刺青大師，對坊間那種汗牛充棟的彩色觀光刺青，是嗤之以鼻的。

到東南亞退休、養老

菲律賓幾年前推出條件優惠的養老退休計畫，其年齡底線設爲三十五歲，如果是年齡四十九歲以下的申請人，只需在指定的菲律賓銀行存款五萬美元，五十歲及以上者存款兩萬美元，以及每月至少一千美元的養老金證明，即可獲得養老退休簽證，享有多次進出菲律賓、永久居留和免稅的優惠待遇。

菲律賓退休管理局指稱，前述計畫推出之後，至今已有逾四萬名來自中、台、韓、日的外地人參與，在菲律賓以養老退休身分居住。該局表示，前述計畫的目標是在二〇二〇年將參與人數增至十萬名，爲菲律賓在海外傭工之外，開闢另一國家財源。

現年六十二歲、曾在日本名古屋當獸醫的岩本紀子如今就在菲國首都馬尼拉經營一家小茶室。她說，「我一直嚮往到日本以外的地方生活，日本現在就業困難，而我希望能繼續工作」。

七十二歲的池田雅彥則和老妻住在馬尼拉金融區瑪卡蒂的一處高級社區裡。日本人選擇菲律賓作爲退休居處，除了溫暖的氣候比較適合老年人之外，還有一個原因就是菲律賓距日本僅四個小時的航程。池田就說，「菲律賓沒有冬天，比較適合年紀大的人。另外，如果發生了什麼意想不到的事，我們可以立刻返回日本。還有就是，一般菲律賓人對長者相當尊重」。

日本全國有三千六百四十萬名年齡六十五歲或以上的老人，不少老年人爲了享受更高素質的生活和較便宜的醫療服務，選擇到國外養老。菲律賓推出的特殊退休居留簽證計畫就是要吸引像岩本紀子這樣有良好經濟基礎，想在一個充滿陽光、物價低廉的地方安享晚年的退休人士。

其實，用這種退休養老簽證到菲律賓定居者，有不少並非眞正老齡退休者。菲國退休管理局總經理卡班薩格就指出，「我們目前的對象是具有行動能力、愛好玩樂的退休人士」。根據數據，菲律賓過去四年所吸引的外地退休者，三分之一屬於四十至四十九歲的活躍年齡層。

東南亞其他國家如泰國、馬來西亞也有類似計畫，不過申請條件各異。

以泰國來說，只要年滿五十歲，提出在泰國境內銀行八十萬泰銖（約兩萬五千美元）

的存款證明，就可以申請養老簽證，這種簽證讓申請人可以多次出入境，爲期一年，到期之後可再申請延展，條件如前，實際上就等於可以在泰國無限期居住。

這個簽證的特殊之處在於，存在銀行裡的八十萬泰銖還是屬於申請人，可以隨意動用，只要下次申請延展時可以提出新的證明即可。

另外，泰國專門辦這種養老簽證的公司神通廣大，就算申請人沒有足夠存款，只要你能多繳一些申請費，他們還可以安排「山寨版」存款證明，讓申請人一樣可以取得養老簽證。

由於東南亞國家大多生活費用較低，許多退休者單靠退休金在本國生活相當辛苦，乾脆就利用養老簽證到東南亞享福。

來自美國舊金山的史金吉斯住在泰國北部城市清邁，已經七十二歲的他娶了當地一位才二十八歲的女郎，兩人的生活費就靠史金吉斯每月一千美元（約台幣三萬元）的養老金。他說，「我是很喜歡舊金山，但是我住不起那裡。一千美元？只能租到一間最起碼、很簡陋的公寓，但那就連吃飯的錢都沒有了」。

史金吉斯花了泰銖一百六十萬現金（五萬美元）在清邁買了一棟兩房一廳的新屋子，「在舊金山，這樣的錢，買不到一間車庫」。

印尼的度假勝地峇里島這些年來也成爲退休者心目中的理想地點，而且條件更爲寬鬆。年齡超過五十五歲、能提出財務獨立證明的人，只要花費一千美元，就可以獲得一年期的多次出入境簽證，這個簽證每年都可更新，連續五年之後，就可以申請永久居留許可。

馬來西亞早在二〇〇二年就開始推行「馬來西亞，我的第二個家（MM2H）」計畫，主要鎖定那些計畫退休的中年以上西方人。他們只要在馬國銀行存入日後可以取回的四萬八千美元，就可獲得長達十年的多次入境簽證、購車減稅以及擁有土地所有權等優惠。即使沒有加入前述計畫，幾乎所有外國人入境馬國，都可獲得三個月的落地簽，是東南亞國家裡簽證最爲寬鬆的國家。

《國際居住雜誌》的執行編輯珍妮佛．史蒂芬斯就指出，該雜誌的一位無任所編輯住在檳城一間有海景的公寓裡，房租一千美元，夫妻倆擁有一艘小帆船，一星期外食五天，一個傭人每星期來打掃一次，每個月的花費才一千七百美元上下，「在美國，這是不可能的事」。

相對的，一般外國人入境泰國只能獲得一個月簽證，若需要長住，每個月都必須出境前往鄰近國家進行所謂的「跑簽證」（Visa Run），曼谷很多旅行社就專門作此類業務。

對經營小本事業的外國人來說，花錢又花時間實在煩不勝煩，尤其此類退休者並非腰纏萬貫，他們在本國原本就屬中下階層，跑到東南亞過退休生活，最大的考量便是生活費低廉，有限的退休金在自己國家做不了什麼事，在東南亞卻很有可能開創出一番事業。

在東南亞觀光區這種情況最爲明顯，許多酒吧、餐館、珠寶行的老闆都是外國人。早年這些店家多集中在泰國普吉島或印尼峇里島，但泰國近年政治不穩定，示威、抗議鬧出人命時有所聞；印尼則被澳洲人擠爆，新加坡太貴，越南、寮國仍奉行國家管制的計畫經濟，菲律賓治安欠佳，因此愈來愈多人轉往馬來西亞以及柬埔寨的金邊市、磅遜港和暹粒。

爲了吸引更多西方「小資產家」前往，柬埔寨也對許多國家公民提供六個月到一年的多次入境簽證，加上便宜的居住和生活環境，這個曾對外隔絕幾十年的國家，也漸獲西方退休者青睞。

台灣聯華電子榮譽董事長曹興誠也在二〇一一年選擇遷往並入籍新加坡，實際上就是在星國過退休生活。他在接受星國《聯合早報》專訪時表示，他是因爲欣賞新加坡法治公正，所以選擇轉籍，他同時批評台灣法治讓他吃了不少苦頭。

曹興誠曾被評爲台灣「企業家最佩服的企業家」。二〇〇五年時，曹興誠被當時的陳水扁政府指控涉嫌向中國大陸「和艦科技」非法提供資金、技術和人力資源。曹興誠當時在巨大司法壓力之下被迫退居二線，宣布卸任董事長而出任榮譽董事長。二〇一一年一月，曹興誠因和艦案訴訟以及新加坡政府大力邀請，正式申請入籍新加坡，由於新加坡不允許雙重國籍，曹興誠隨後宣布放棄中華民國國籍。在此之前，曹興誠其實早已在星國置產。

曹興誠在專訪中表示，投資者都希望能夠在透明和有法治的環境經營，他很欣賞新加坡法治公正而透明的傳統，因此轉而成爲新加坡公民。他說，「新加坡有法治、政府清廉、服務效率高，納稅者可以獲得優良的政府服務，而台灣的法治已名存實亡」。

當被問到成爲新加坡公民的感覺如何？他答道，「很輕鬆、很舒服」。

雙城記——曼谷vs.新加坡

我在東南亞住了十六年，新加坡六年，曼谷十年，最常碰到的問題就是「喜歡新加坡嗎？」或「喜歡曼谷嗎？」

我的答案常常讓人詫異，因爲我喜歡新加坡。很多人看我的外表，很直覺會認爲我浪蕩不羈、崇尚自由。那麼，怎麼可能喜歡限制很多、乾淨得像一所醫院的新加坡？同樣的，我說我討厭曼谷，很多人也瞪大了眼。怎麼可能？曼谷這麼國際化、多樣化，是個購物、美食天堂，怎麼可能有人會討厭它？

更有意思的是，我原先很討厭新加坡，但後來愈來愈喜歡。而我原先很喜歡曼谷，後來卻愈來愈討厭。

我是一九九八年八月從美國紐約市調任台灣《中國時報》駐東南亞特派員。當時，報社要我評估新加坡、曼谷、雅加達三個候選駐在地，我把新加坡評爲最末一名。

其實那時我根本沒到過東南亞，對各國的印象都是通過媒體介紹或向在地朋友打探。西方媒體對新加坡的報導多是負面，台灣知名作家龍應台還寫過一篇〈還好我不是新加坡人〉，把新加坡貶得一無是處。所以我對新加坡印象很壞。

哪裡知道回台北「中國時報」總部開會，我的提案還沒拿出來，董事長余紀忠就大手一揮，「我看，就放在新加坡吧」。就這樣定案了。

第二天奉命飛新加坡找辦公室及住所，心情低落到極點。結果從踏出機門、過移民關、領行李到登上計程車，那眞是一氣呵成，毫無窒礙，讓我印象深刻、大開眼界。然後從樟宜機場出發進入市區，一路繁花似錦、綠蔭處處，街道齊整乾淨，前後才四十五分鐘，我已經開始喜歡新加坡了。

我那次下榻新加坡最繁華烏節路底的烏節酒店。當天

新加坡烏節路寬敞且舒適的人行道。

晚餐過後上街散步，燃起菸後才暗暗叫苦，提醒自己待會兒菸蒂絕不能隨手亂扔，因為去之前查資料時就發現新加坡是個「Fine City」（雙關語，Fine可以解釋為美好但也是罰款的意思。說新加坡是個Fine City，當然意在嘲諷），亂扔菸蒂的罰款是如同打劫的五百新幣（相當一萬一千台幣）。

但我很快就放心了。因為新加坡的街道上到處都是垃圾桶，每個垃圾桶上都有個小菸灰缸，讓人扔菸蒂。那麼，為什麼要亂扔？所以我在新加坡住了六年，沒有因為扔菸蒂被罰過一毛錢。

然後我開始發現，不錯，新加坡確實有不少罰則，但是那些處罰都是有道理的。譬如說西方媒體最喜歡提的新加坡人連嚼口香糖的自由都沒有。那還得了，口香糖是典型的西方文化，不久之前，美國總統歐巴馬在北京參加「亞太經合會」，在那樣國家領袖聚會的場合，他也嚼著口香糖。

事實上新加坡並沒有「不准嚼口香糖」的規定，而是不准商店販售（多年前與美國簽訂自由貿易協定，現在可以了，但作為醫藥用品，需醫師處方才能買）。理由有二，一是當年有人惡作劇，經常用口香糖沾黏地鐵車門，影響行車安全，第二就是口香糖污漬影響市容。

前一點我不知道，但第二點我很清楚。我在美國紐約市住過十五年，那裡，街道上滿地都是難以清理的口香糖污漬。有次在新聞報導讀到，倫敦市政府每年要花天價預算，去清理特拉法爾加廣場（Trafalgar Square）的口香糖漬。以此爲由禁售口香糖，我贊成。

有人問我，「新加坡這麼小，這麼無聊，你怎麼會喜歡它？」

我喜歡新加坡，正因爲我什麼地方都不去。

在新加坡住了六年，我眞的幾乎哪裡都不去，連著名的景點聖陶沙都是因爲工作關係才去了一次。其他如博物館、圖書館……都從未涉足。

新加坡大約在二〇〇三年成立了一座「亞洲文明博物館」，展品中有三樣是我開設的古董店買出的。這樣的博物館，我如何有興趣去參觀？

我喜歡新加坡，是因爲它的整齊、清潔、有秩序、尊法治。住在那裡，所有的事都可以預期，不會有任何意外。誰希望自己的家常常會有意外呢？簡單地說，我是以「家」的概念來喜歡新加坡。

家，就是要安全、舒適、方便。要尋求刺激、探險，周邊國家多得是。我三十五年前離開台灣，住過好些個地方，唯有在新加坡，有「家」的感覺。

二〇〇四年調職曼谷。初到時，充滿了新奇，由於先前住的是很「無聊」的新加坡，曼谷這個國際大都會是個全新體驗。物價便宜、社會風氣開放、自由，連「人妖」都滿街走，眞覺得到了天堂。

我那時住在曼谷頗負盛名的 Centrepoint 酒店式公寓。女兒放暑假時從美國來看我，一來就愛上了曼谷，因爲進門的時候「警衛還跟我敬禮呢」。

那時在曼谷認識的朋友、來訪的朋友，人人都讚曼谷好，我也覺得眞好，就寫了一篇〈來到曼谷，不想走〉。我也以爲自己很可能就此留在這個「天堂」，不會走了。

可是這個美夢大約只作了兩年就破滅。

美國的《旅遊及休閒雜誌》曾經把泰國首都曼谷評鑑爲全球適合旅遊的最佳城市，泰國媒體如獲至寶，都在顯著的地方予以報導，結果引致《曼谷郵報》在二〇一〇年七月三十日以〈曼谷眞是對遊客而言的世界最佳城市嗎？〉爲題發表社論，指出一些曼谷眞的「差很遠」的事實。

當然，《旅遊及休閒雜誌》只是說曼谷是「適合旅遊的最佳城市」，並沒有說曼谷最適合居住或其他什麼。

但就算單就旅遊而言，曼谷都其實有相當多的缺點，更遑論對於長期居住在此間人的種種煩擾了。前述這個評鑑的盲點在於，曼谷的許多缺點，在遊客的眼中反而變成了吸引人的地方。

譬如說曼谷著名的「嘟嘟車」，那其實是都市交通紊亂、噪音、空氣汙染的重要來源之一，但卻是觀光客的最愛，每人都想嚐嚐坐在上面的滋味，所以「嘟嘟車」司機是曼谷最欺生的人，幾乎無一例外漫天要價猛砍觀光客，行駛在路上更是蛇行亂竄，時常還爲取悅乘客表演前輪騰空「特技」，完全無視交通安全。

再說曼谷的擁擠吧。習慣於井井有條的西方遊客，甚至也把曼谷街道的雜亂、行人摩肩接踵當作頗有興味的「觀光項目」。

殊不知曼谷的擁擠，其實是市政不彰的結果。曼谷市區裡，只要稍有人潮的地方，人行道無不被攤販占用，只剩下很窄的部分供人通行，這樣哪會不「塞人」？

即使不是繁忙的道路，也有相當部分被沿街住家擺盆景占用，曼谷人的公德心，其實相當差，大家習以爲常，

嘟嘟車是最大的空氣、噪音污染源。

也沒人認爲不對。

曼谷當年運河縱橫，有「東方威尼斯」之稱，但現在許多運河已被加蓋變成馬路。其實這還算好，至少眼不見爲淨，因爲目前還存在的大大小小運河，每一條都是烏黑薰人的「臭水溝」。整治運河是大工程，並不容易做到，但是即使是很小的事，也不見曼谷市政當局用心。

就說大眾交通系統的電扶梯吧。在相對文明的都市裡，譬如說香港、台灣、新加坡……大家都知道靠一邊站，留出通道讓趕路的人通過。這是很小的一件事，只要在扶梯口立一圖文並茂的簡單告示，久而久之，自然就會讓市民養成及體會這種考慮旁人的文明習慣。但曼谷大眾捷運至今已邁入第十四年，還是依然故我。

又如街邊氾濫成災的攤販。觀光客同樣會覺得這種吃食方式又新鮮、又便宜。但對於長久居住的人來說，這卻意味著必須每天出門都跟打仗式的與攤販爭道。問題

曼谷警察賣禁止停車路段讓人停車。

是，人行道的使用權本來就屬於繳稅的大眾。

曼谷的很多街道畫有禁止停車線，但卻停滿了車，對交通安全造成一定的威脅。這些人爲什麼敢堂而皇之的停車，是因爲他們向管區警員付費了。管區警員收了錢，就把原屬於市民的權益賣了。

我在曼谷騎過一陣子的摩托車，前後被警察在路邊攔下至少五次，他們給人的感覺就是並不眞的想執法，而是要藉之訛詐些金錢。我就照泰國朋友傳授的方法塞些小錢，立刻當場放行，連執照都不用掏出來，屢試不爽。

其實我眞不想這樣做，但是他們的目的本來就不是開單，你要他開單，他就跟你東拉西扯，沒完沒了。有位朋友有次火起，堅持要對方開單，對方竟說，「不用開啦，你把錢給我，我幫你去繳就好」。

在曼谷生活，類似這種日常的騷擾無窮無盡，更別提過去八年多以來的政治動盪。過去八年，泰國長期處於政治兩極鬥爭，民主的價值異常混亂，連我這個不相關的外人都看不下去，甚至於感到生氣、焦慮。生活在這樣的城市，怎會快樂？

我在曼谷也開過店，認識不少小生意人，他們眞的被政治動盪害得很慘，可是根本沒人關心。我原先開的店，就是紅衫軍鬧事時，活生生被拖垮的。

對於我而言，曼谷作為旅遊城市，好的地方是它眞的有一些景點，而且消費眞的便宜。其他，實在乏善可陳。

至於說曼谷是「最佳城市」？那眞是差之遠矣。

總之，如果是抱著過客的心態，曼谷物價低廉、複雜多樣，夜生活多采多姿，當然勝過新加坡。但如果是長久居住，新加坡除了物價高昂之外，我實在想不出其他的缺點了。

當鋪行業在東南亞風生水起

近些年來，東南亞國家普遍面對生活費用上漲的問題，影響之下，造成當鋪業火紅，一片榮景。新加坡、馬來西亞、印尼、泰國、菲律賓、越南……都是如此。

新一代的當鋪，已經不是過去那種櫃檯很高、裝著鐵窗的傳統行業，而是逐漸轉型爲人性化、大型企業的經營方式。譬如說新加坡的「銀豐當財務公司」（MoneyMax Financial Service）一個多月前上市以來，市值已經增加了百分之三十。

該公司的東南亞地區總經理傑瑞米．泰勒就指出，「經濟緊縮的時候，我們（當鋪）就一定會有更多的顧客」。過去三個月來，「銀豐當」在新加坡、馬來西亞的十五間當鋪，顧客量增加了百分之五至十不等。

根據瑞士債信公司的報告，以整個亞洲來說，馬來西亞、新加坡和泰國的個別家庭債務在前四名中占據了三位，許多不符合銀行貸款資格的人，很自然就轉向當鋪。

另一方面，當鋪業者也看準了這一點，儘量在典押手續、條件乃至利率方面做出配合，甚至於開闢到府服務、網上典當，所以生意愈做愈大。目前，泰國是處於經濟上「技術衰退」的階段，印尼的經濟成長也頗爲蹣跚。這些都給了當鋪業絕佳的經營環境。

泰國規模最大的典當業者「快錢」（Easy Money）近月以來的顧客成長已達到百分之十五至二十。該公司的總經理席提維·坦塔拉吉表示，顧客成長最快速的地方，就是首都曼谷以及周邊地區。

「快錢」在二〇〇五年開設第一家店鋪，如今在全泰已有二十七間分店，明年還準備再多開兩間。根據該公司的財務報告，其每年的資產增加率是百分之五十至六十，等於是每年都在成倍增長。

席提維也很樂觀的預估，如果個別家庭債務持續上升，到當鋪典押的客人也就會愈來愈多。根據他的估計，泰國典當業的市場規模大約有一千七百億泰銖。

在美國賭城拉斯維加斯開設「典當之星」（Pawn Star）的瑞克·哈里森最近特別到亞洲考察。他認爲亞洲許多國家限制當鋪可以收取的利息，再加上手續比向銀行借錢簡單得多，當鋪在亞洲已經逐漸變成人們取得「快錢」的主流，所以有極大的發展潛力。

在二〇〇八年時，新加坡全境有一百一十四間當鋪，如今已增爲大約兩百間，所貸出的金額為新幣七十一億，大約是二〇〇八年時的四倍。

其實，現在當鋪還有不少公司客戶，甚至有把辦公室都典押給當鋪，以獲得急需的現款。

一位在越南首府河內開設當鋪的業者就表示，從二〇〇九年的經濟危機至今，到他的當鋪來求助的生意人有增無減。單單在河內，就有兩千七百多家當鋪。

典當行業興旺，也引得政府企業插足。馬來西亞的郵政局就於去年七月開展在伊斯蘭社區的典當業務，現在已經開始有盈利了。

東南亞國家的奇特懲罰

二〇一一年十二月的某一天，印尼民風最保守的亞齊省（Aceh）警方突襲一個大約一百多人出席的小型龐克音樂會，一舉逮捕了六十五名奇裝異服、長髮披肩的男男女女龐克族，等於幾乎把在場的人全部抓光了。

抓到之後，當場就在演唱會現場把他們都剃成光頭族，並將他們身上所戴、自我感覺良好的穿環、頸鍊、飾物強制取下丟進水池，象徵把他們「精神上」淨化。

這些酷哥、酷妹也被要求換下所穿「噁心的」衣服，同時被趕進附近的小河裡「清洗、淨身」，警方也發給他們一人一把牙刷，大聲喝叱他們「刷牙！」

徹底清洗之後，他們還被送往當地警察學校，接受爲期十天的「魔鬼訓練營」精神教育，務必要讓這些在保守人士眼中離經叛道的青年脫胎換骨。

其實，這些年輕人大多數並非亞齊人，而是從印尼各地來到亞齊參加這場音樂會，所以在一定程度上，是有點殺雞儆猴的味道。

只不過亞齊本來就很保守，自有一套宗教的規範，警方高調的剃頭、脫衣、取耳環，感覺起來，作秀的意味十足。

我第一次去亞齊是二〇〇一年的事。那次是去採訪「自由亞齊游擊隊」成立二十五週年紀念。到的當天晚上出門找東西吃，隨行的翻譯小賴就提醒我不能穿短褲，結果發現街上還眞的沒人穿短褲。

那時亞齊還沒有實施伊斯蘭法，老百姓就已經這麼自覺，會墮落到哪裡去？倒是這些取締人的警察，恐怕還更墮落呢。

多次到亞齊採訪，發現軍、警跟游擊隊其實是「共生」的關係，而其中牽涉到的利益，最主要的就是毒品。

不久之前，「法新社」就曾經披露讓亞齊警方顏面無光的事。就是這個虔誠伊斯蘭的地區查獲將近一千名員警吸食毒品，他們被令於一個月的時間內戒毒，否則會面臨革職處分。

這些員警占了亞齊省警力至少百分之六，他們被驗出對各種毒品呈現陽性反應，包括冰毒、大麻和搖頭丸成分亞甲二氧甲基苯丙胺（MDMA）。

我前後多次去亞齊採訪的期間，也見過很多蓄著及肩長髮的「嬉皮」軍人，現在看到亞齊警察剃人頭，還眞有點時空錯亂感覺。

每年四月中旬的一星期時間，是泰國的新年假期，也是大家所熟知的「潑水節」。每到這個時候，泰國的媒體除了報導節慶的新聞之外，還會推出「危險七日」特別報導，這個報導其實也並沒有什麼「特別」，就是新年期間每天車禍傷亡數目流水帳。

這是因爲新年期間大家都返鄉過年，路上交通意外頻仍，更重要的是，幾乎人人都飲酒作樂，所以酒駕肇事的情況十分普遍。根據統計，泰國的車禍死亡率全球排名第二、亞洲第一，車禍死亡在新年期間尤其嚴重，每小時就有二點三人因車禍死亡、一百六十人受傷。

之前泰國政府對酒駕者的懲罰僅是清理街道、砍樹、到醫院服務等社區服務，並沒有太大的嚇阻效果。二〇一一年底，泰國曾大張旗鼓，動用憲法第四十四條，強制拘留酒駕車輛十五天，但也收效甚微。

後來，幾乎已無計可施的泰國政府考慮未來將酒駕者送進醫院太平間，直接面對肇事者所導致的死亡，給他們一課震撼教育。不少泰國人對這個「創新」的做法大爲讚賞，更有網友進一步建議讓酒駕者在太平間擔任「夜班」志工，以收更大效果。不過，將酒駕肇事者送進醫院或太平間勞動服務，並非泰國首創，相關的做法早在美國加州實施，而且效果還眞的不錯。

另外，區域內對酒駕控制得最好的，應該是新加坡。新加坡的鞭刑，是一種相當「殘忍」的刑罰，除了謀殺、販毒、性侵之外，酒後駕車累犯或撞死人者也要接受鞭刑。

根據新加坡法律規定，酒駕除了視情節輕重會被處以相當新台幣三萬到九十萬的罰款，還要服六個月到三年刑期。至於因酒駕肇事致人於死，刑期必須加倍，而且要接受六下鞭刑，會把肇事人打得皮開肉綻。

相對之下，馬來西亞的方法則相當有趣，酒駕者被抓之後，伴侶（妻子或丈夫）也要被關在一起，讓他們對肇事者碎碎唸整晚。

爲了防止花心老公偷吃，印尼蘇拉威西省政府祭出奇招，把公務員的薪水直接匯給其配偶。該省政府發言人卡提力表示，「男子口袋裡錢多了，就會作怪，控制不了自己的行爲」。卡提力說，「我很確定這種做法，可以解決影響家庭的外遇問題」。

有趣的是，大約有百分之九十的公務員都主動參加政府的這個計畫。卡提力表示，這個做法不但可以阻止老公偷吃，也可以讓家庭主婦更能控管家庭預算。

印尼國會準備草擬法案，禁止女性議員穿迷你裙等具有「挑逗性」的服裝。由於其所宣稱的理由是「此類服裝會鼓勵強姦」，已經引發當地女性團體憤怒、抗議。

印尼眾議院議長馬祖基表示，這段時間以來，因爲女人穿著「不合適的衣服」，導致印尼發生了一連串強姦案和「不道德事件」。他說，「女性穿著不恰當的衣服會激起男性的慾望，所以應該被禁止，我們都知道男人是怎樣的，挑逗性的服裝會誘使他們做出（強姦）這樣的事」。

印尼「家庭事務委員會」副主席瑞佛利札爾也附和這種說法。他指出，「對男性議員來說，迷你裙等暴露服裝，無異是一種『邀請』」。印尼議會這項提議也獲得兩名曾當過時裝模特的女性議員支持。

不過，印尼女性團體對這項提議卻感到十分憤怒，呼籲停止這種「妖魔化」強暴受害者的行爲。「女性反強暴行動」組織的創辦人諾亞說，「這些有影響力的人說出這些話，實在太荒唐。我們期望他們能夠立法保護女性免受暴力傷害，而不是譴責她們的穿著」。其實，印尼首都雅加達特區首長也曾發表過類似言論，他指稱雅加達公共汽車上頻頻發生的強姦案是受害者穿迷你裙所引發。

至於菲律賓南部伊斯蘭地區，至今還有「礫刑」。

二○一二年六月，菲南一名因通姦而被極端組織判處「礫刑」的女子，在行刑前逃脫，而她的通姦對象則被當眾鞭笞一百下。

「莫洛國伊斯蘭自由運動」（BIFM）發言人馬瑪指稱，馬京達瑙省一處偏遠村莊的一名已婚女子，與鄰村一名未婚男子通姦，結果被伊斯蘭戒律法庭判處礫刑，也就是以亂石砸死。

但這名女子卻在被帶往行刑地點的途中乘隙逃脫。「莫洛國伊斯蘭自由運動」其實並無合法的地方管轄權，他們對於前述男子的懲處行爲等同動用私刑。不過，他們所執行的鞭刑，顯然有異於新加坡。新加坡的鞭刑舉世聞名，通常幾鞭就已皮開肉綻，鞭打一百下？那會要人命的。

菲律賓南部長久以來有些像化外之地，不受中央政府節制，地方勢力都各擁武力，「莫洛國伊斯蘭自由運動」的首腦卡托原先就爲「莫洛伊斯蘭解放陣線」（MILF）成員，但因與中央委員會理念不合，帶著約兩百枝槍出走，自立門戶，目前盤踞著馬京達瑙省的數個鄉鎮。

二○○九年十一月，馬京達瑙省發生駭人聽聞的選舉屠殺事件，一天之內，有五十七人同時遭殺害，其中包括三十多名記者，是菲國選舉史上最血腥事件。

除了菲國南部之外，包括馬來西亞、印尼等伊斯蘭國家，乃至於泰國南部的伊斯蘭省分，近幾年來，伊斯蘭激進主義都有抬頭趨勢，頗引人憂心。

二〇一〇年，一名穆斯林女模特兒，因爲在馬國東部丁加奴州公眾場合飲用啤酒，被判鞭行。這位模特兒顯然是企圖凸顯刑罰的不近情理，堅持要在大庭廣眾下接受鞭刑，結果迫使當局執行前臨時叫停。

印尼亞齊省的宗教警察則在不久前強迫一對已合法結婚的女同性戀者分離，除了撤銷她們的婚姻登記之外，也要求她們簽署分離協議。

這兩位女同性戀者是在數月前合法結婚，當時其中一位假扮成男人，騙過主持儀式的伊斯蘭教士，不過她們的行止卻引起鄰居懷疑，結果向宗教警察舉報。當地的宗教警察首長曾經對她們說，按照伊斯蘭教義，她們應該被砍頭或活活燒死。

亞齊是印尼境內唯一允許伊斯蘭法的省分，不過目前尚無規範同性戀的法條。亞齊省議會也曾在二〇〇九年通過法令，允許對通姦者實施礫刑，對同性戀實施鞭刑。

亞齊在二〇一一年通過法律，只要觸犯同性性行爲及通姦者，都處以一百下鞭刑的懲罰。根據該項法規，男人之間的肛交、女人之間摩擦身體器官尋求刺激均屬違法，而且前述法規也首次涵蓋了非穆斯林。在此以前，亞齊的伊斯蘭法已經禁止飲酒、賭博、非婚姻關係的男女交往以及身體接觸。

二〇一三年時，亞齊的洛司馬威市實施一項新法令，禁止女性跨坐機車，理由是女性跨坐機車的姿態「不恰當」，而且會「刺激、挑逗」男性駕駛人，不符合亞齊省的伊斯蘭文化價值觀。

洛司馬威市市長蘇亞迪當時向《雅加達環球報》表示，當地民眾的舉止和道德正在悖離亞齊的伊斯蘭文化價值，市政府希望「拯救女性遠離那些會讓她們違反伊斯蘭法的事物，也希望透過這項禁令『替女性增光』」。

二〇一五年五月，亞齊省北部一區議會通過幾項新立法，其中最引人注目的是禁止單身男女共騎摩托車。地方議會議員哈姆澤說，「未婚男女共騎電動車，緊坐在一起，這顯然違反伊斯蘭法，也可能做出有罪的行爲」。

除此之外，其他新法還包括男女生須分開上課，禁止樂隊公開表演，以及要當地民眾每晚唸可蘭經等。

政治人物的迷信

政治人物一旦位高權重，就很自然會患得患失，開始不問蒼生問鬼神，爲的就是無所不用其極要保得權位。自古以來，除了少數例外，大多皆不能免，其中又以宗教盛行的國家爲甚。

近年來推動改革開放的緬甸，其前身軍政府就是神權治國的佼佼者。

二〇〇五年，緬甸突然在毫無預警的情況下宣布遷都，至今無人清楚究竟爲什麼？有說是緬甸害怕西方國家像對付阿富汗、伊拉克一樣入侵，所以把首都仰光從近海之處遷往內地。

這個想當然爾其實並不站得住腳。首先，至今爲止，緬甸從未面臨任何入侵的威脅。其次，阿富汗首都喀布爾、伊拉克首都巴格達均處內陸，美國打仗，向來巡弋飛彈先行打個稀巴爛，地面部隊才進去。換句話說，美國要打就打了，哪會分遠近？

倒是另些傳言較爲可信。亦即當時軍政府最高領導人丹瑞大將聽信占卜者言，才決定遷都。最明顯的跡象就是，遷往的地點是一個名爲彬馬納、鳥不生蛋的山谷荒郊，結果幾年之間，硬是建出一個設施周全、氣勢宏偉的首都，並定名爲內比都（帝王之都）。光從這個名字來看，遷都的原因已經呼之欲出了。

丹瑞會做出這種事，也絕不讓人意外。有陣子，丹瑞出席公開場合，竟然著女性化紗籠（緬甸傳統服裝）。結果聽說是有占卜者告訴他，緬甸有可能出現女性領導者（意指翁山蘇姬），化解的方法，就是丹瑞本人著女裝，意在「已經有女領導人了，妳（翁山蘇姬）就別忙了」。

政治人物迷信的故事，實在太多了。

馬來西亞首相納吉幾年前宣布解散國會，準備大選。馬國高等教育部副部長賽福丁就透露，納吉選四月三日做出宣布，其實是有深意，因爲二〇一三年四月三日意味著1+3+4+3=11，而十一就是納吉的幸運號碼。

譬如說納吉的座車牌號是WRX 11，住宅是吉隆坡蘭嘎都塔路十一號，納吉的父親、馬國第二任首相拉札克的生日是一九九二年三月十一日，他的母親諾雅生於一九三三年六月十一日，納吉本人也曾擔任過彭亨州第十一任州務大臣。

所以，納吉對十一這個數字情有獨鍾，也不爲怪。

只不過，數字終究也只是個數字。

曼谷有次進行市長選舉，來勢洶洶的「爲泰黨」推出實力頗強的前警察首長蓬薩帕出馬，抽籤時又抽得泰國人最相信的幸運號碼九。一時之間，全黨聲勢大振，甚至說出「就算派出個電線桿，也能勝選」。結果蓬薩帕卻是在民調皆曰會贏的情況下敗北。

又如二〇〇六年九月十九日，泰國軍方發動政變，坦克於當晚九時十九分開出軍營，順利推翻人在國外的總理戴克辛。

問題是，戴克辛也是泰國人啊，爲什麼前述的一堆「九」對他就不靈了？

已故新加坡內閣資政李光耀二〇一一年在所出版的新書《新加坡賴以生存的硬道理》中透露了不少饒有興味的事，譬如說星國民間一直盛傳一元硬幣設計成八卦造型，就是因爲當年聽從法師建議，要星國人人都有個八卦來擋煞。

李光耀則在新書裡直斥，「這是一派胡言，我是個務實的人，不相信星座、不迷信風水，以及號碼」。

新加坡鑄造多種硬幣，均爲圓形，但唯有一元硬幣正、反兩面均畫有八方形，在設計上顯得有些突兀，因此民間流傳了很多說法，大體上均跟風水、改運有關。

有一個說法是，新加坡當年興建地鐵之際，適逢經濟明顯衰退，政府內部擔心是因爲興建地鐵動到地氣，甚至怕會影響及國運，於是向法師求教指點迷津，結果法師表示解煞之道是所有新加坡人都帶一個八卦。

可是要人人身帶八卦，難度太高，左思右想結果想出將一元硬幣內藏八卦的妙方，如此一來就人人都隨身攜帶八卦了。說也奇怪，新加坡不但順利建成地鐵，經濟也隨著回穩，國運一直頗爲昌盛，使得前述說法更加言之鑿鑿。

李光耀則在新書中指稱這種說法是「一派胡言」。他說，「一派胡言、一派胡言，我是個務實的人，不相信星座、不迷信風水及號碼（代表的吉凶）」。不過採訪的記者還是追問傳聞是否屬實？李光耀則答道，「人們會造謠生事，這我完全不在意」。就是沒有直接否認。

東南亞國家的禁忌

二〇一七年二月九日，一艘來自馬來西亞、載運對緬甸「羅興亞人」援助物資的船駛抵仰光提拉瓦港，現場聚集了幾十名緬甸僧人及民族主義者進行抗議。主要的原因就是，緬甸民族主義者對馬來西亞公開支持他們所不承認的「羅興亞人」，非常不滿意。

當時英國廣播公司（BBC）首任派駐仰光記者站的記者約拿．費雪（Jonah Fisher）也在場採訪。但他向其中一位僧人提問時，卻引起對方勃然大怒，不但拒絕回答問題，還通過傳譯要費雪改正提問時的姿勢。

原來費雪當時在提問時，是把雙手扶在後腰部。那位僧人通過傳譯說道，「他（費雪）到底是在採訪我，還是對我有敵意？」大惑不解的費雪則反問，「你是不喜歡我的姿態，還是不喜歡我問到『羅興亞人』？你只是不喜歡我直接問你問題吧？」

後來有人把費雪手扶後腰面對僧人的照片上傳到網路，結果造成瘋傳，緬甸人幾乎一面倒地指責費雪不是。

這裡面牽涉到的兩個問題是，究竟那位僧人是不喜歡費雪的提問，還是他手插腰的姿態？其實兩者都有，只不過費雪顯然認爲對方只是對他所提出的問題反感，所以故意借題發揮，不回答他的問題。

對於在東方工作的西方記者來說，這並不奇怪。他們習於以某種「上國」的心態來看東方的事務，總認爲東方的人、事、物都相對鄙陋，並傾向於完全用西方的標準來硬套。費雪也應該是在這種情況下，完全忽視了「羅興亞人」在緬甸的敏感性，從而認爲對方在他的姿態上「吹毛求疵」，是在找他的麻煩。

也許費雪並不知道那個姿勢在緬甸是不適當的，但只要道歉就好了，還是可以繼續問問題，相信所有的人也都能接受。可是他選擇對抗，就會引起反感。

東南亞國家裡，確實存在許多外人也許會認爲「怎麼會這樣？」的禁忌，有些是小事，有些卻會變成大事。

譬如印尼亞齊省，那邊的伊斯蘭禁律較爲嚴格，男人在街上是不可以穿著短褲的。可是印尼本來就是熱帶國家，許多西方遊客前往旅遊，短褲根本就是必要裝備。東帝汶民風保守，獨立之後湧入不少西方人，海灘上就出現不少「天體」場景，讓當地人側目。

又如在泰國，與人談話時不可以用腳指指點點，別人的頭部也不能隨便摸，泰國人是會翻臉的。更別說是批評皇室了，泰國人會直接跟你拚命。

東南亞的野生動物交易

泰國警方二〇一一年五月十五日在素旺納普國際機場逮捕一位名爲諾爾．馬穆德、乘坐頭等艙機位的阿拉伯聯合大公國男子，並在他的隨身行李中搜出許多隻顯然被灌食鎮定劑，昏睡的保育類小動物，一名在現場的保育團體人士指出，「當我們打開箱子時，這些小動物紛紛開始打呵欠，那個箱子簡直就像個小型動物園」。

馬穆德共在箱內藏了一隻幼熊、黑豹與花豹各一對以及數隻猴子，準備走私到杜拜。馬穆德當天凌晨在機場遭便衣警察逮捕，並被警方拘禁，罪名是意圖走私稀有動物出境。

泰國警方在馬穆德採購這些珍稀動物時，就已經開始監視他。

這些動物都還不到兩個月大，被安置在僅可容身的小籠子或鑽有氣孔的容器內。保護野生動物人士指出，這是非常罕見的走私案件，如果這批動物被帶上了機艙，有些可能無法存活。

保護動物人士研判，有人可能想豢養這些動物，甚至安排進行交配。

長久以來，人們都知道毒品走私在泰國甚爲猖獗，是規模最大的非法生意，但鮮有人知道，走私野生動物在泰國是僅次於毒品的第二大非法生意，而中國則是其主要市場。英文《曼谷郵報》在報導中指出，泰國「中央調查局國家資源、環境犯罪抑制署」警官阿塔彭表示，許多人包括警察都不太了解非法野生動物交易，也正因爲不了解，雖然泰國已經事實上成爲非法野生動物走私中心，但從未在國家層級上積極解決這個問題。阿塔彭指出，中國是野生動物的主要市場，尤其是穿山甲和老虎。許多中國人相信，食用某些稀有野生動物可以增強體力、性能力並延年益壽。阿塔彭表示，泰國森林裡仍有穿山甲和老虎，但數量已經比馬來西亞和印尼少很多，就是因爲走私而造成。

根據阿塔彭的說法，老虎全身都是寶，一頭可以賣到一百多萬泰銖（約與台幣等值），其中虎鞭最有價值，可以賣到三到五萬銖，肉和骨頭一公斤售價約五至六千銖，虎血用來浸草藥，虎牙則用來雕刻護身符。

許多瀕臨危險野生動物都經由陸路走私，通常使用貨車或冷凍車從泰國南部省份運出，跨越湄公河進入寮國、越南直達中國。阿塔彭認爲，泰國當局應該嚴肅看待野生動物走私問題，現存的保護野生動物法顯然有不足之處，持有受保護野生動物最高刑責四年，罰金四萬銖，如此輕罰顯然不足以遏止走私問題。

國際犀牛基金會二〇一一年在一份報告中指出，越南境內最後一隻爪哇犀牛已經死亡，而且很可能是被偷獵者射殺，因爲牠的角被鋸掉。

野生動物專家則表示，這樣的新聞並不令人意外，因爲自二〇〇八年以來，在越南只有一次看見爪哇犀牛的紀錄。目前，全球的爪哇犀牛不到五十隻。

「世界野生動物基金會」越南執行長陳氏明嫻表示，「這眞是很令人痛心的一件事，儘管越南在犀牛保育上做了相當的投資，還是無法拯救這一獨特的動物」。

二〇〇七年時，南非有十三隻犀牛遭到非法獵殺，然而到了二〇一一年，遭獵殺犀牛的數目已經暴增爲四百四十八隻，二〇一二年到四月底爲止，已記錄到超過一百七十隻犀牛被殺。這些遭獵殺的犀牛都有共同特徵，就是屍身完整，但鼻子上端的角都被鋸掉。

這是因爲犀牛角在不少亞洲國家，特別是越南，是價値不菲的「寶物」。

至今爲止，醫學上沒有任何證據，證明犀牛角有醫療價値，其蛋白質的含量，其實相仿於人類的指甲，但是很多亞洲人都深信犀牛角有壯陽、滋補甚至於治療癌症的功效。

越南首都河內市藍翁街布滿大大小小的傳統草藥店，就幾乎每家都有擺賣研磨犀牛角的陶瓷盆。越南人就用這種內裡粗糙的磨盆，將犀牛角研磨成細粉，然後和著水或酒飲下。

八十多歲的河內富豪阮紅，就是犀牛角的標準信徒。他在接受採訪時對「法新社」記者表示，「我有的是錢，現在年紀大了，但是我想活愈久愈好，如果犀牛角對我有幫助，爲什麼不買？」

只不過犀牛角不是人人買得起。

以現在越南的黑市價格來說，一百公克要價是駭人的五千八百美元，而且還買不到。當地較知名、有信譽的犀牛角交易商，訂單都已經是好幾個月以後才能交貨。

由於供不應求，也出現了不少冒牌的犀牛角，更增加了管理上的困難。

越南本身本來有爪哇犀牛，但是二〇一〇年就已被捕殺絕跡。現在的犀牛角幾乎都來自南非，主要的原因是南非開放犀牛狩獵，而且還可以把犀牛角當作「戰利品」帶回。南非的這個做法，出現了很大的漏洞，許多人就利用這個漏洞到南非合法獵犀牛。法律上，狩獵者帶走的犀牛角需要列管、追蹤，但是越南在這方面的法令相當鬆散，執行更是不力，幾乎所有的犀牛角都流入黑市。

由於管理鬆散、利潤巨大、懲罰不重，對不法之徒來說，走私犀牛角的風險遠小於走私毒品，因此都趨之若鶩，使得犀牛終將滅絕的可能性，變得愈來愈高。

亞洲人對於犀牛角在科學上完全沒有根據的迷信，儘管荒謬、可笑，卻似乎是無法逆轉的事實。

「法新社」準備對犀牛角作出報導時，曾經聯絡採訪兩位服用犀牛角粉的越南癌症患者，結果兩人都在進行正式採訪前病逝。這一切，也無法說服人類對犀牛的無情獵殺，實在令人浩嘆。

印尼爲了保護蘇門達臘虎不致滅絕，想出個怪招，就是讓人們把蘇門答臘虎當作寵物飼養。該國林業部總監達羅里表示，「我們不是出租或出售老虎，我們只是允許人們照料牠們」。

根據這項計畫，任何印尼公民只要付出十億印尼盾（新台幣三百一十萬元），作爲對保育工作的保證，就可以領養一對蘇門答臘虎。

野生的蘇門答臘虎在一九七〇年代大約還有一千隻，不過現在僅剩下約兩百隻。蘇門答臘虎經常因爲人們對其皮毛、虎骨、虎鞭乃至虎肉的消費需求而遭非法獵殺，已被列爲嚴重瀕臨絕種類動物。

雅加達當局這項計畫遭到保育人士抨擊，他們指出，印尼當局的正確做法應該是保護蘇門答臘虎的自然棲息地不受破壞。在印尼，蘇門答臘虎棲息森林，幾乎已被非法盜林業者摧毀殆盡。

印尼林業局官員表示，他們是從峇里島的八哥鳥復育工作學到寶貴教訓。峇里島八哥鳥一度面臨滅絕，但是後來開放給民間飼養、照顧之後，繁殖得更快，目前已經沒有滅絕之虞。

林業局官員也指出，想要當蘇門答臘虎的飼主，至少要有四千九百平方公尺的土地，並接受政府對飼養的監督，虐待老虎的飼養者將被提控，罪名成立將被判罰款及監禁，且老虎的所有權還是歸於政府。

豬八戒在馬來西亞人間蒸發

東南亞國家和華人文化有千絲萬縷的關係，印尼已故總統瓦希德就鍾情於《三國演義》，他當年在政壇以小博大，贏得總統大位，就自稱是得力於精研《三國演義》。泰國百姓很多都對孫悟空琅琅上口，他們也都熟悉「包公」，而且都稱「包公」為「包文拯」，比很多華人都內行。越南首都河內的古廟內，都是正統的華文，更別提華人文化本來就盛行的新加坡、馬來西亞。

只不過，華人文化在不同的國家裡，多少也會有必須適應當地文化的情況。最近，《西遊記》譯本在馬來西亞上市，就發生一些趣事，問題出在書中的豬八戒，主要就是因為馬國是以穆斯林為主體的社會，很多人擔心「豬八戒」這個角色會觸動馬來社會的敏感神經。

對此，馬國漢文化中心主席兼「翻譯與創作協會（譯創）」會長吳恆燦指出，國家語文出版局和相關單位都認可中國四大名著之一的《西遊記》是跨時空、跨國際及跨宗教的著作，値得向馬來社會推廣，當中的佛教信息及人物豬八戒，並不構成阻礙馬來讀者閱讀此書的因素。

他在出席馬來文版《西遊記》座談會時表示，豬八戒不應被視爲是此著作的敏感人物，「豬八戒是一個形象、一個虛構的人物，不是一隻豬，所以這不是敏感問題。唐僧師徒去西天取經是很神聖的故事，也受到馬來社會尊敬」。

話雖如此，馬來文版《西遊記》的翻譯員胡德樂還是還是做了一些「預防」的措施，亦即以拼音的方式來翻譯小說的主角名字，如此一來，豬八戒的「豬」字，就不見了。他也指出，如果直接意譯，將「八戒」譯爲八個戒律，對於不了解佛教背景的馬來讀者而言，反而會更難明白，「我們必須體諒讀者的感受，所以在一些情況下，必須放棄或簡化一些內容」。

不過有趣的是，即將在馬國戲院上映的中港賀歲電影《西遊記之孫悟空三打白骨精》的宣傳海報，卻出現豬八戒「被消失」的情況。

據電子媒體「當今大馬」報導，馬國首都吉隆坡市中心目前已可看到該電影的廣告牌，但廣告牌中只有唐三藏、孫悟空和沙僧三個角色，獨缺豬八戒。報導中指出，中國與香港電影公司的原版宣傳海報，是唐三藏師徒四人全員到齊的，但同樣的宣傳海報在馬國卻不見豬影。

對此，馬國內政部副部長諾加茲蘭受詢時表示，該電影海報或許不符合電檢局指南，才會被去掉豬八戒，「這肯定是因爲電影沒有遵守電檢局的指南。無論如何，這是一件小事，電檢局所作的決定都是爲了國家利益，而非電影製作商的利益」。

不過，該片發行商GSC電影院發行部高級經理侯秀嫦則表示，刪除豬八戒的原因是飾演該角色的演員「小瀋陽」在馬來西亞不夠出名。她說，「當地觀眾不熟悉中國電影和演員，我們必須讓觀眾看到他們認識的演員，吸引他們進戲院」。

侯秀嫦的說法，一聽就是遁詞。馬國華總會長方天興就強調，儘管馬國各族的宗教關係有一定的界限和敏感，但華裔也不能過於「自我敏感」或「自我設限」，必須尊重、維護與發揚自身的優良文化傳統與價值觀。

方天興表示，《西遊記之孫悟空三打白骨精》宣傳海報中，主角豬八戒消失並非馬國電檢局主張，因爲電影已獲准上映，影片中的豬八戒畫面也沒有被刪減，證明此事件一點都不敏感。他認爲，賀歲電影公司與相關負責人不應以一些似是而非，似非而是，並看起來牽強的理由，把宣傳海報上的豬八戒排除掉。

越南人靠靈媒尋找越戰死亡親人，菲律賓人上網弔亡

自從美國開始改善跟緬甸的關係，就開始有團體進入緬甸，翻山越嶺，找尋二戰期間陣亡美軍，但至今下落不明的屍骸。

同樣的，多年以來，美國也在越南、寮國、柬埔寨等國尋找越戰期間失蹤的美軍遺骸。其實，如果與越南人在越戰中死亡的人數相比，美軍死亡的五萬八千人，遠遠不及越南的多達三百萬人，其中北越軍隊就占了一百餘萬人，失蹤者更高達三十三萬人。

越南人對死者的懸念並不下於美國人，只不過國際媒體向來看重歐、美，對他們的相關報導都刻意放大，相形之下，越南人尋找戰死者遺骸的新聞，大體上就都被忽視。

事實上，自從一九七五年越戰結束至今，越南人不論軍、民，也都一直在進行搜尋死難者遺骸的工作，只不過限於經費以及設備，很多都流於土法煉鋼，甚至於倚靠「靈媒」與死者交通，引領生者去找到荒山野嶺裡的遺骸。

有些特別靈的靈媒，必須要一年前就預約。阮凱貝就是其中之一。

阮凱貝是越南「人類能量研究中心」成員。這個機構的主持人是阮秋派少將，他幾乎整年在越南各地奔波，考核自稱有超能力的「靈媒」。他說，「有不少是假的」。

多年下來，阮秋派也還眞的組成了一個經過考核驗證的「靈媒」團隊，進行一個代號爲「TK05」，專門與死去者「交通」的研究計畫。

自一九八七年至今，「TK05」的靈媒宣稱已經協助找到了上千的遺骸，其中有不少經過DNA驗證，證明確實是要尋找的死者。

另外一位名爲武氏明霞的女性靈媒則屬於個體戶。她那位於巴里雅省的家，其實就是將近四千名死難軍士的神壇。

通常，武氏明霞能夠得到的線索，就只是家屬交給她，由軍方發出的死亡證書，簡單記載可能死亡的地點。不過，她在自家神壇裊裊香煙裡根據這一點點線索而說出來的事情，其準確度卻往往讓家屬大爲驚訝、嘆服。

一位名爲武功材的死難者家屬就說，「她說得出來我家的地點、格局，院子裡有什麼樹，都太準了，甚至於我太太流產，她都說出來了，那根本是個家庭的秘密」。後來，武家人就根據武氏明霞的指點去尋找武功材的下葬地點，結果還眞的找到了。

武氏明霞是不收費的，她認爲自己所做的一切，都是在爲著同胞減輕痛苦。墳場，從來就是恐怖的來源。

尤其是華人的墳場特別恐怖，一堆一堆圓圓的墓土，而且除了清明掃墓之外，多數時候都是雜草叢生，更增加了陰森的氣氛。

小時候讀老作家司馬中原寫的鬼故事，忘了是什麼書名，書的前言引了清代詩人王士禎評蒲松齡《聊齋志異》的題詩：姑妄言之姑聽之，豆棚瓜架雨如絲，料應厭作人間語，愛聽秋墳鬼唱詩。

哇，氣氛馬上就出來了。

早年住紐約市，墳場頗多，葬得密密麻麻，雖然幾乎每座墳都有相當美麗的天使雕像，但還是很恐怖，尤其很多墳場跟住宅區比鄰，想要避免都難，每次從皇后區開車進城，都會經過一整片大得驚人的墳場，襯著紐約市的天際線作背景，感覺很奇怪。

不過那都是近百年的老墳場，後來的新墳場都規劃得很好，基本上沒有墳墓及墓碑，而是整整齊齊的一片青草地，以平鋪地面的墓牌爲記，或者只單純的豎著一個個十字架，莊嚴肅穆並不覺恐懼。

到了東南亞之後，先住在新加坡，也是一個有墳場的地方，還曾去參觀過一處百年以上的墳場，後來拆除改建大樓，公告之後留了頗長的時間，讓後人進行遷墳，最後還是有不少孤墳由政府出面處理。

也聽說過不少墳場改建的新加坡國民住宅（組屋）傳出的靈異故事。

有次到馬六甲去玩，途中經過一處有近三百年歷史的老墳場，忍不住下去參觀，但見荒煙蔓草，很多墳墓都已破敗傾頹，雖然是大白天，還是心頭發麻落荒而逃。

後來到越南採訪，發現越南人早期並不興公共墳場，而是把去世的家人葬在自家院裡或田裡，生者與死者仍能日夜相處。這種做法固然頗有人情味，但是對外人來說，還是感覺怪怪。

有次帶孩子去胡志明市玩，參加了遊河行程，其中一個節目是到沿河農村體會當地人生活，那家人很熱情地端出點心在院子裡招待我們，可是桌旁就是他家祖先的墳墓，眞是食不知味。

每年十一月一日是菲律賓的「亡人節」，這是一個對菲律賓人十分重要的節日，政府會循例宣布放長假，讓各地民眾返鄉掃墓，平時各奔東西、難得見面的遠親近戚，也都會利用這個機會交誼、團聚，結果使得「亡人節」倒十足像是「活人節」。

我第一次見識到這個特別的「亡人節」，大約是在二〇〇〇年。那次是跟新加坡記者俱樂部前往菲律賓訪問。去之前，就有人告訴我一定要去參觀極有特色的華人墳場。

於是找了一天比較空閒的下午雇車前往。結果計程車司機顯然誤會我的意思，竟把我帶到馬尼拉北郊的一處菲律賓人墳場。

一進去，不得了，簡直就像一個市集，全都是人，音樂震天價響，到處都是五顏六色的帳篷、氣球、烤爐、烤架，炊煙四起，人人興高采烈地喝啤酒、啃排骨、跳迪斯可，完全顛覆了我自小就知道的華人「清明節」。

「亡人節」實際上就相當於華人的「清明節」，都是紀念先人的節日。

但是華人紀念祖先就嚴肅得多，除了打掃墳墓、修剪墓草之外，就是擺上祭品，焚香膜拜，禱告先人在另個世界平安喜樂，保佑還活著的子孫、家人。

這些儀式都是在靜肅中進行，哪裡像菲律賓人敲鑼打鼓、鳴放爆竹，搞成像嘉年華一樣，還一連好多天，晚上都在墳場宿營過夜。

我那次誤闖菲律賓「亡人節」，拍了不少照片，事後檢視，竟然看不到墳墓。原來墳墓幾乎都被活人以及他們所帶去的各種物品擋住了，眞有意思。

不過菲國近十幾二十年來經濟欠佳，全國九千五百萬人口中有十分之一出國打工，這些在外辛勤工作的菲律賓人，就無法像還在國內的同胞一樣慶祝「亡人節」。

為了讓海外遊子也能跟隨習俗參與「亡人節」，菲律賓天主教主教協會特地架設網站，讓不能回國的菲國海外勞工通過網路為先人舉辦彌撒，同時還可以網上拜訪先人墓地。

這個網址為 http://undasonline.com/ 的網站指出，從十一月一日到八日，「那些無法回到教區的人，特別是在海外工作者或是海員，可以通過這個網站要求為死去的先人做彌撒」。

除了這個天主教所架設的網站之外，民間也有腦筋動得快的業者開發出網路視頻「亡人節」，讓海外菲律賓人能通過視頻連結，前往親人的墓地祭拜，生意好得很呢。

後來我還是去了馬尼拉近郊的華人墳場（義山），那個墳場就更誇張了。基本上，

像公園一樣的墓地，成了一座小公園。

所有的墳墓都建成像洋房一樣，最高的有三層樓，宛如一座市鎮，「亡人節」時華人根本是「住」在墳墓裡，就在先人的葬身之處擺起桌子吃飯、打麻將。

泰國就好得多，興火葬，除了華人跟穆斯林，幾乎沒有墳場，死去的人火化後都寄放在廟裡，所以很多廟裡的牆上、燈柱上都嵌有圖片，那就表示骨灰放在那兒。

有次不小心逛到一處廟宇旁的墓園，整個墓園做成假山假水，池塘裡面養了很多魚跟烏龜，變成一個小公園，很多當地居民跟放了學的學生，都把墓園當成休憩的地方，買些店家提供的飼料餵魚、餵烏龜，享受寧靜。

這樣，其實也挺好。

輯二

神奇的國度

你的數學，靠白雪公主過關嗎？

根據「國際學生評估計畫」（PISA）二〇〇九年針對全世界六十五個經濟體所作的調查顯示，泰國學生的素質在世界的平均水平以下，半數以上的學童欠缺基本的閱讀、數學技能。

更令人憂心的是，跟該組織於二〇〇〇年所發表的報告比較起來，泰國學生的素質是呈現下降的趨勢。

對於泰國學生素質的低落，我的一位朋友倒是有親身的體驗。

朋友於六年前在曼谷觀光夜市裡開了一間小店，由於自己泰文不行，就請了位泰國小姐來幫忙看店。

她說自己是大學畢業。這一點都不奇怪，在泰國，許多大學畢業生找不到工作，當店員的不在少數，甚至還有不少被外商包養呢。

她來上班不久，朋友就發現問題大了，因爲她英文不通。她自己後來也對朋友說，「剛上班的時候，我見到外國客人進來，簡直不知該如何是好，心裡一直暗叫，『趕快出去，趕快出去』」。

呵呵，請了個希望客人趕快出去的店員。

不過這是朋友自己的疏忽，也怨不得別人。她原先是在斜對面的服飾店工作，招呼客人有模有樣，所以朋友才在她的老闆決定收攤後「挖角」，卻忽略了服飾店基本上是泰國本地客，而朋友的客人百分之九十以上是外國遊客。

可是既然請了，也不能這樣就解雇。所以朋友乾脆送她去語言學校「深造」，可是上了不到一個月的課，她就不肯再去，因爲課堂老師老是愛點她問問題，她又老答不出，甚至認爲老師故意出她洋相。

朋友跟她說老師的用意應該是鼓勵甚至逼迫她更加努力，可是她說什麼都不肯再去，急得甚至哭出來，朋友也只好作罷。

好在，朋友也在店裡的時候，經常逮住有客人互動的機會進行機會教育，教她一些簡單的應答，這麼多年下來，她在英文方面大體上都可以應付了。

她告訴朋友大學時英文經常考零分，但朋友也一直沒問她是怎麼畢業的？直到最近才知道。
因爲不久前店裡進來一位法國客人，她衝著對方說了句，「Bonjour」。她看到朋友驚訝的樣子，於是說，「我只會這一個」。
原來，她在大學時還修過法文。
她說她的法文跟英文一樣，幾乎每次都考鴨蛋，結果老師把她叫去，告訴她去找一套《白雪公主》的光碟。她說，「我找了好多地方終於找到，還滿貴的」。
結果，她的法文成績最後得到「A」。
朋友還笑著說，有次他把店裡的計算機換了一個，卻沒想到店員愁眉苦臉。
原來，先前的計算機有設定好的百分比計算法，但是新的計算機沒有，必須用簡單的算數去算出來，但是這位大學畢業的店員不會，給客人折扣時，她硬是算不出來究竟應該是多少錢？
朋友無奈之餘，只好再換回原先的計算機，「我跟她說，妳在大學裡的數學，莫非也是靠『白雪公主』過關的嗎？她一直傻笑」。有那樣的老師，學生的素質怎麼會好？
有一次，泰國東北部一所名爲「伊山（泰文東北部之意）大學」爆出販售學位事件，引起軒然大波，泰國教育部也介入調查，發現許多該校的「畢業生」連基本的數學運算都不會，竟然憑藉著買來的文憑擔任起教職。

泰國英文《民族報》也針對那件事發表署名報導，指稱「伊山大學」事件只是冰山一角，其實販售學位的問題在泰國由來已久，而且相當普遍，公、私立學校都有，做法則各有巧妙。

報導中指出，造成這種現象的很重要關鍵，就是社會上對文憑的價值觀，導致大家盲目追求文憑，也使得不肖教育機構有機可趁。報導中舉出一例，一所未具名的私立學校就公然廣告，「只要付足學費，保證獲得學位」。

也有學校不是這麼明目張膽，但是設計出很多收費昂貴的課程，然後用各種方式「幫助」學生，使他們在選讀這些課程時不至於得到不及格成績。報導中寫道，「這是不是販賣學位的一種形式?當然是」。

報導中更進一步指出，現在在網路上很輕易就可以找到代寫論文的服務，行情是研究生論文從泰銖兩萬五（等同於台幣）起跳到五十萬泰銖；博士班的論文則從二十萬起跳，上限也差不多是五十萬。

泰國高等教育委員會秘書長蘇梅特就對《民族報》表示，一些大學輕易讓學生獲得學位，已經讓他們（教育主管當局）覺得夠沮喪了，「現在更糟糕，這些販賣學位的學校，居然可以允許學生不用到課堂上課，依然可以獲得學位」。

已經有好些人作證指出，前述的「伊山大學」招攬學生的一大賣點就是告知有意入學者不用上課。

《民族報》指出，在谷歌搜尋器打上「學位販售」（Degrees for Sale），很容易就可找到各種強調全是眞證書、學位的廣告，學士學位要價三萬七千泰銖到九萬泰銖，碩士學位則在十二萬到二十八萬之間，如果再多付七千泰銖，還可以參加正式的授證儀式。

與此同時，出錢買學位的人，也可以獲得「好成績」的保證，以及證明確實在個別學校就讀的書面文件。

印尼計程摩托車司機測體臭，女性軍警測處女

印尼首都雅加達塞車嚴重，因此行動靈活、適合在車縫中穿梭、當地稱為 Ojeks 的計程摩托車就大行其道，充斥在雅加達的大街小巷中。近年以來，計程摩托車競爭日益激烈，全雅加達至少有四十間公司提供服務，公司大小不一，但車隊數量動輒上千，競爭之激烈，可想而知。

也正因為競爭激烈，大家都絞盡腦汁，希望能出奇制勝。最近，有家公司就標榜所雇用的司機都經過體臭測試，保證不會讓坐在後座的乘客，聞到駕駛身上傳來的異味。這家以「沒有體臭的司機」為賣點的公司，日前廣為宣傳對新進駕駛人的體臭測試。進行測試時，應徵者必須站在大風扇前伸展雙臂，測試員就貼身在後，模擬乘客來判斷受測者是否有難聞的臭味。

另外，為防止受測者在參與測試前作「除臭」預防，通過測試者在獲得工作後，顧客

還可以通過應用軟體，根據司機的體味來作評估。那些負面評語太多的駕駛將被警告，甚至停職。

以體臭來決定是否雇用，不知是否涉及歧視。但印尼在徵選女性軍、警人員時，有一個很特別的「處女檢驗」，雖然已經廣受各界批評，認爲對女性極不尊重，同時顯然涉及性別歧視，然而當局似乎並沒有取消的計畫。

這件事是一年多前，由總部設在紐約的「人權觀察」組織（Human Rights Watch）爆出，該組織在一份報告中指出，印尼警方仍持續實施「貞操檢驗」，女性須先接受檢查驗明爲處女之身才能從事警務工作，「人權觀察」組織痛批此舉歧視、羞辱女性，要求立刻廢除傷害、侮辱女性的歧視做法。

「人權觀察」組織指出，儘管印尼警方二〇一〇年便已同意廢除貞操檢驗，但並無證據顯示已落實，反而是國家警署招募網頁上仍寫著「除了體能、健康檢查，想成爲員警的女性還必須接受貞操檢驗。所有想從事警察工作的婦女都應該保持處女之身，已婚女性不符合申請資格」。

對此，印尼警方發言人表示，處女檢驗確實仍存在，但並未規定女性應徵者一定要處女，檢驗僅是爲了解是否染上性病。

另外，印尼武裝部隊在徵召女兵時，就有「貞操檢驗」。武裝部隊總司令莫多可將軍也公開表示，「處女檢驗是件好事，也是檢驗婦女道德的唯一標準」。但他也承認，是否爲處女，跟是否會是一名好軍人並無關係，但印尼軍方還是堅持，女性若想進入武裝部隊，處女檢驗、學術考試以及體能測試都是必要，缺一不可。

雅加達塞車嚴重，民眾各出奇招

印尼首都雅加達交通堵塞，已經達到當局慎重考慮遷都的程度，大家都叫苦連天，因爲塞車而造成的損失，每年更是超過美金十億以上。

但是在這一片愁雲慘霧中，卻有個行業頗爲興盛，而且日益壯大，甚至也已經有具生意頭腦的人準備將之企業化。這就是早已存在的摩托計程車行業。

雅加達的交通糟到什麼程度呢？

根據商業研究公司「佛洛斯特與蘇利文」在二〇一一年六月所發表，對全球二十三個城市做的調查，雅加達是交通狀況最糟的城市。

但是在雅加達當地被稱作「歐捷克」（Ojek）的摩托計程車駕駛，卻希望雅加達的交通狀況「愈壞愈好」。

今年二十一歲，原先是手機銷售員的賀曼托就表示，「交通愈堵，就有愈多的人會雇用我們的車」。他的收入不但比過去好，而且每天都是現金收入。

雅加達的摩托計程車駕駛每天大約可賺十五萬印尼盾（美金十四元上下）。在數以百萬人計，每天生活費不到兩美元的國家裡，算是很不錯的行業了。

東南亞國家裡，越南、泰國也都有摩托計程車。越南幾乎人人都騎摩托車，所以有限的摩托計程車基本上只存在於觀光區，零零散散做些遊客的生意。

泰國首都曼谷則有規模得多，原因同樣是由於塞車太嚴重。不過泰國的摩托計程車大體上較有組織，駕駛都穿著特定有號碼的顏色背心，也有一定等待顧客的地點，只不過一般都以議價的方式，而且頗爲欺生，見到外來人就痛宰。

雅加達的摩托計程車則基本上是毫無規範，完全是「游擊隊」的做法。

不過，現在已經有人開始企業化經營了。

一位今年才二十七歲，名爲納甸·瑪卡林的美國哈佛大學企業管理碩士在雅加達成立名爲「Go-jek」的公司，招募街上的散兵游勇摩托計程車司機加盟，強調安全、按里程計價的「高級」服務，旗下有數百名駕駛。

納甸爲「Go-jek」成立網站大加宣傳，同時將業務擴大至「宅配」領域。納甸也跟雅加達當地政府商談，由「Go-jek」負擔起連結巴士、鐵路系統的任務。

雅加達交通堵塞，各種通勤方式隨時出現。

對於未來前景，納甸充滿信心。他說，「未來的五年到十年，雅加達的交通問題根本無法解決，所以雅加達人需要另類、負擔得起又便捷的交通及運輸工具，『Go-jek』就是靠著雅加達基本設施不足，才能生存、發展」。

不過，雅加達交通堵塞，也有些正面結果，當地通勤者窮則變、變則通，以騎腳踏車上班殺出一條血路，還成立了「騎腳踏車上班俱樂部」，大家經常互通打氣，交換經驗、意見。

當地人做出這個選擇的理由很簡單，就是雖然騎腳踏車上班必須冒著吸入廢氣和被車撞等風險，但總比坐在汽車或計程車裡困在車龍中一籌莫展好得多。因爲在雅加達，即使短短的距離，往往也要花好幾個小時才能抵達。

雅加達堵車惡名昭彰，甚至於到了印尼政府

都慎重考慮遷都的程度，其嚴重已可見一斑。

首都可遷，但對於龐大的上班族，他們可沒有辦法換工作或搬家，只得各出奇招，印尼鐵路局多年以來都對火車頂乘客拿不出辦法，就是最好的例子。

印尼政府爲了掃蕩火車車頂乘客，多年以來採取了各種有時甚至光怪陸離的措施，但一直未能收效。二〇一二年時，還曾經在火車行駛路徑上方架掛沾滿腐臭污物的臭掃把，來掃打車頂乘客。印尼國家鐵路局官員蘇賈蒂表示，「不管什麼人待在車頂不下來，都會受到臭掃把伺候」。

印尼鐵路局也曾經在若干車站架掛每個重三公斤的水泥球簾，乘坐車頂霸王車的乘客就必須冒著被「打下車頂」的危險。但此舉遭到許多人權及社會團體批評，直指鐵路局罔顧人命。

再早以前則試過在車頂抹油，讓乘客「坐不住」而滑下車頂。也試過把車頂塗上紅漆、車頂安裝鐵釘、帶刺鐵絲網，甚至放惡狗驅趕車頂客。不過上有政策，下有對策，乘客總是有辦法破解各種奇招，使得鐵路局頭大如斗。

譬如水泥球簾似乎確實發生作用，但又眞的會對乘客造成生命威脅，而且電車廂也有高壓電纜的問題，所以當局才想出後來那個「臭掃把」的點子。

印尼人口眾多，特別是首都雅加達有一千萬人口，大眾交通系統又基本欠缺，火車就變成為重要通勤工具，問題是印尼的火車系統是葡萄牙殖民時期傳下來的老古董，非但經常出事、誤點，車廂也嚴重不足，所以很多乘客都冒險坐上車頂，但經常也傳出乘客摔落火車，以及遭電擊死亡的案例。

其實印尼當局對車頂乘客是有處罰規定的，一旦抓到，可以判三個月監禁，以及罰款一百六十美元。只不過執法單位並未切實執行，很大程度上也是因位車頂乘客多是社會底層的勞工階級，警察也就睜隻眼、閉隻眼了。

在雅加達擔任餐館跑堂的素普里亞蒂就說，他有次就親眼見到另位車頂乘客被電死。素普里亞蒂住在雅加達南邊的茂物，每天都搭乘火車進到雅加達工作，他說他很清楚乘坐車頂的危險，但是車廂實在太擁擠，他又不敢遲到，只好冒險了，「只要車廂擠沙丁魚的狀況無法獲得改善，就一定會有人爬上車頂」。

另一位名叫哈敏的建築工人也附和素普里亞蒂的說法。他表示自己並不是坐霸王車，他每天都照樣購票，但是每天還是照樣爬上車頂，「我承認，我喜歡坐在車頂，車廂裡擠得要命，又沒有空調系統，太難受了」。

火車頂乘客不是不知道危險，但對他們更重要的是保住工作，就只好鋌而走險了。

騎腳踏車上班，也是上班族面對著「行不得也」的雅加達，迫不得已的另一對應辦法。目前，雅加達已有一個由專業人士組成的「騎腳踏車上班俱樂部」，成員幾乎都爲白領階級。他們認爲，雖然汽車、摩托車、計程車、巴士與火車是雅加達市民的主要通勤方式，但是騎腳踏車上班卻最有效率，而且比較「酷」。

二十七歲的電腦程式員蘇約·莫吉托個人就擁有七輛腳踏車。他笑著表示，騎腳踏車上班與省錢沒有關係，因爲騎腳踏車上班的成本比騎摩托車還高，「騎腳踏車消耗大量體力，所以很容易餓，食物的消耗量要比一般人大得多，花費自然也就比較高」。

然而腳踏車卻比摩托車靈巧，在車陣中穿梭不是問題，停車更是便利，隨便在路邊找個欄杆鎖上就行，甚至可以抬進辦公室。

在雅加達「安永會計師事務所」擔任經理的賈奴亞也指出，他的住家距辦公室有二十二公里，如果乘車，每天需花兩個小時，但改騎腳踏車之後，一個小時就夠了，「而且腳踏車需要的空間比摩托車小，必要的時候，你甚至可以扛起腳踏車走路，越過障礙」。

根據印尼政府的資料，大雅加達地區的人口約有兩千五百萬，市區人口九百二十萬，這麼一個大都市，卻欠缺有效的大眾運輸系統，住民也只能自求多福。

「騎腳踏車上班俱樂部」的成員以專業人士爲主，他們每天早上七時會在雅加達南部的一個公園聚集，邊吃早餐邊交換心得。

只不過俱樂部的成員幾乎都曾遇過交通意外。賈奴亞不久前就受了傷，眼角下縫了幾針。

緬甸——神奇的國度

第一次去緬甸是二〇〇〇年，到了機場之後立刻就覺得十分詭異，因爲幾乎每個人，大體上除了男人之外，老老少少（包括男童）臉上都像印地安人，用黃色的顏料畫著各種花紋跟簡單的圓形圖案，一眼望過去彷彿是來到了什麼原始部落。由於那時對緬甸一無所知，剛開始只覺得怪異，不知是什麼風俗，也沒多問。

後來問我雇用的翻譯「小羅」，才知道那是緬甸人用的「面霜」。是用一種名叫「坦那卡」的木頭磨成粉，和水成糊狀，然後塗在臉上，據說可以抗炙熱的陽光，保持皮膚美白。

但奇怪的是，緬甸人又不是把「坦那卡」很均勻的抹在臉上，而是畫出不怎麼對稱的線條或圓圈，像鬼畫符一樣。那麼，沒有塗到的部分呢？不是受不到保護了？還是由於皮膚會吸收「坦那卡」，然後平均分配到皮膚組織裡？

這種「坦那卡」面粉到處有賣，市場裡更有很多攤販當場磨粉，許多緬甸人則是直接買木頭以及石磨，回家自己磨。我有次也買了一盒，塗在臉上，總覺得一直有東西黏在那兒，很不舒服。

我也仔細觀察了一番，緬甸女人的皮膚雖然沒有很明顯的比周邊其他國家的女人細緻、白皙，但是普遍來說確實還不錯，也比較白些。我只是覺得，就算是「坦那卡」眞的有效，但是緬甸女人從早到晚把自己的一張臉畫得像要出草殺人的標示，好像也有點得不償失，因爲那樣既不美又不白，讓人想不通。

後來又問了緬甸友人，她說「坦那卡」的樹皮具有消炎的效能，塗抹在臉上可以抑制青春豆的生長及防曬，被視爲是緬甸傳統「國粉」，象徵整潔、美德甚至是藝術的一部分，如果女性臉上沒有塗上「坦那卡」，是會被長輩唸的。因此不分男女老少洗完澡，臉、身體一定抹上。

她也說現磨的「坦那卡」有股很清香的氣味，成品則加了化學香味。塗抹的方式並沒有規定，男生塗得比較隨性，女生比較講究，塗在臉上後做一些花樣變化來增添美感，去除單調呆板，甚至於威猛的軍人，背著長槍，臉上塗著樹粉，還頗有「突擊隊」的 Fu 呢。

市場上販賣坦那卡的小販以及塗了坦那卡的孩童們，坦那卡是天然的面霜。

我想，也許緬甸男人的審美觀點大概與其他地方不一樣，不然爲什麼每個緬甸女人都抹「坦那卡」。這樣講好像也不太對，緬甸民主象徵翁山蘇姬好像就沒見過她臉上塗「坦那卡」的樣子。

「坦那卡」在緬甸確是一項重要的產品，到處都見得著，市場裡也有很多攤販，擺出切成一段段的「坦那卡」出售，買的人也多，很多觀光客去逛緬甸市場，都會被如影隨形的推銷者塗抹「坦那卡」，然後多數會勉爲其難買上一罐。我也買過送給女兒，她好奇塗了幾次就再也沒用過。

不過我還滿喜歡「坦那卡」，原因就是因爲它自然，來自於自然也歸於自然。這是最好的環保用品，也只有在相對落後的地方才能保存這些跟地球友善相處的好習慣。

我在緬甸旅遊，帶著我跑的導遊就經常如數家珍，告訴我這棵樹的葉子能做藥用，那棵樹的果實可以食用，另棵樹的枝幹、樹皮又可以做什麼用途。眞讓人覺得天生萬物皆有所用。有次參觀寺廟，導遊指著廟裡的一棵樹滔滔不絕講了半天，從果實、花朵、樹葉、樹幹，無一不可用，都和生活息息相關，簡直就是神木。結果，那不過就是株常見的苦苓樹。只是緬甸相對落後，很多東西就地取材，反而成了一種特色。

另外譬如說香蕉葉，在東南亞一帶就有太多的用途，用來包裝食物、當作餐盤、做成泰國「水燈節」用的水燈、燒烤食物時當作錫箔紙用……不一而足。

有次在北越南下龍灣的一處市場躲雨，見到很多人的摩托車後面都裝著一片或是多片碩大的樹葉，思量之下不禁啞然失笑，原來這是越南人在下雨天爲摩托車ＤＩＹ的擋泥板。眞是太好了。

這種東西，隨便亂丟都沒關係，因爲它們最終都會分解回歸自然。

有次在仰光經過一處工地，那眞是蔚爲奇觀，因爲沒有重器械，完全靠人力，工人多得難以想像，一個接一個像螞蟻搬家似的扛著磚頭、水泥爬上咿咿呀呀的竹製梯子，僅是一個大約獨棟兩層樓的工程，至少有一百個工人穿梭其間，嗡嗡嗡地忙。

還有回去浦甘，那裡的佛塔群全球僅見，美不勝收，柬埔寨的吳哥窟、印尼的婆羅浮屠，恐怕都得靠邊站。但更讓我心喜的是，當地的交通工具是馬車，不僅僅是觀光客，當地人也都是乘坐馬車，既

仰光街頭隨處可見發電機。

緬甸人都穿夾腳拖鞋。

不污染又浪漫。

仰光是緬甸第一大城，留下很多美麗的殖民建築，雖然建築因欠缺保養而斑駁，人行道更是坑坑疤疤，但是很難不讓人想像起其往日的輝煌。而這個大城卻有個特色，就是幾乎家家戶戶都有發電機，因爲天天停電。

另外一個「很緬甸」的特色，就是夾腳拖鞋。

翁山蘇姬有回應邀參加紀念她的父親、緬甸獨立英雄翁山將軍遇刺之日的「烈士日」。她當天穿著素白上衣，黑色的緬甸紗龍（Longyi），頸項上披著黑色圍巾，足登夾腳拖鞋，畢恭畢敬地在父親墓前獻花。

足登拖鞋？

是的，足登拖鞋。而且不僅僅是蘇姬自己足登拖鞋，當天陪她一同前往祭拜的「全國民主聯盟」要員以及政府官員，全都是足登拖鞋。

這是因為拖鞋在緬甸不但是大眾最重要的穿著用品，還相當正式，完全可以登上大雅之堂。

我在二〇〇七年九月前往仰光採訪「袈裟革命」，當時軍隊開槍而民眾四散奔逃之後，現場的馬路上滿滿的都是遺留下來的拖鞋，蔚為奇觀。所以在緬甸，可以說人人都穿拖鞋，絕不誇張。

中國國家主席習近平於二〇〇九年十二月十九日以副主席身分訪問緬甸，專機抵達仰光國際機場，當時的緬甸外交部長烏年溫在機門迎接時，就是穿著拖鞋。

緬甸人穿拖鞋有其特殊的傳統，很多人都會說緬甸太熱，所以大家才習慣穿拖鞋。實則這個說法似是而非，試問，東南亞國家裡哪有不熱的地方？可是只有緬甸人一天到晚穿拖鞋。

認眞研究起來，最主要的原因就是緬甸是個佛教盛行的國家，到處都是寺廟佛塔，而緬甸人又虔誠無比，幾乎到了見廟就拜的地步，但是在緬甸要進入寺廟佛塔，一定要脫鞋，任何人都不例外，也因此而形成了緬甸人習慣省事而穿拖鞋的文化。

更有意思的是，因為大家都穿拖鞋，所以緬甸拖鞋必須做得很堅實耐用、美觀大方又兼具舒適。

所以緬甸拖鞋清一色以防滑耐磨的橡膠做底，鞋面則有各種材質，最常見的是皮質，但幾乎所有的鞋面都以柔滑色美的天鵝絨覆蓋，不僅穿起來舒適，看起來更是高貴。

所以很多人到緬甸旅遊，都會順手買一些拖鞋當禮物送人，價格不貴，又很特別。

唯一的缺點就是，因爲材質的關係，緬甸拖鞋會比一般人所熟知的夾腳拖鞋重，足感也會稍微硬一些，但是很快就會習慣了。

君不見，當年持槍驅趕示威者的緬甸軍人，很多一身野戰草綠軍服，腳下卻是穿著拖鞋，跑起來可快著呢。

現在緬甸開始開放，這些有意思的東西，只怕慢慢也會消失了。

羅興亞人的悲歌

二〇一五年五月，泰國、印尼、馬來西亞都先後爆發了「人蛇」（人口販運）問題，數千羅興亞「人蛇」在被「蛇頭」拋棄之後，乘坐幾乎完全沒有動力的「人蛇船」漂流到馬來西亞、印尼，引起國際社會注意、關切。

聯合國及西方國家都呼籲前述三國給予「人蛇」必要的救援。令人咋舌的是，泰、馬、印三國都對呼籲置之不理，分別爲人蛇船提供基本的燃料及食物後，又把他們推回海上，任他們自生自滅。

這個違反國際慣例、極不人道的做法，很大程度暴露出區域販運人口問題的嚴重性，牽涉各國互相推諉以圖置身事外的現況，以及羅興亞人的悲慘境遇。

關於羅興亞人，位於美國華府的國際難民組織顧問尙恩．賈西亞說得最直接，「在緬甸，羅興亞人根本就是不被允許存活的一批人」。

羅興亞人在緬甸居住的歷史其實可以遠溯至第七世紀，但他們無論在外觀上、文化上、語言上都是十足的南亞人。但緬甸本來就是多種族國家，也有很多印度、巴基斯坦裔的公民，但唯獨羅興亞人不受承認。

緬甸在二〇一四年進行全國人口普查，很多羅興亞人認爲自己世居於緬甸，因而拒絕接受填寫「孟加拉人」選項，而被排除在普查之外。

也許正因爲如此，緬甸軍政府自一九七八年以來，採取許多將羅興亞人當作「非我族類」的措施，不但不發給公民證，其居住、行動都受很大限制，甚至從一個村落到另個村落，修繕心目中神聖的清真寺乃至於結婚，都必須獲得事先的批准。

羅興亞運動人士聲稱，該族在若開邦定居已有數百年之久，因此不斷要求緬甸政府應承認他們爲原住民族，並賦予在緬甸出生的族人公民權。但緬甸政府卻視羅興亞人爲來自孟加拉的非法移民，拒絕給予他們公民身分，許多緬甸人更把羅興亞人稱爲「孟加拉人」。

雖然鄰近若開邦的孟加拉，過去二十年都曾接收羅興亞人，前後估計也達二十萬人之眾，但大都住在環境惡劣的難民營或貧民窟，對他們來說，在孟加拉和緬甸，只是「惡劣」與「更惡劣」之別而已。

聯合國難民組織估計，目前約有八十萬羅興亞人住在若開邦的三個地區，經常遭到各種「迫害、歧視與剝削」，包括強迫勞動、旅行與婚姻的自由受限，接受教育的管道也非常有限。

部分緬甸人更在社交網站發表反羅興亞人言論，形容他們是「入侵者」或「恐怖分子」。被當作「外人」的羅興亞人自然滿腹委屈。

在這種情況下，羅興亞人已經變爲名副其實無國籍者。緬甸當局也無視於他們已經存在於緬甸的綿長歷史而把他們當成「外來者」，不但緬甸政府的各項福利無福消受，反倒經常被當作免費強制勞工使用。

飽受剝削、壓制的羅興亞人於是開始逃離緬甸，希望能在泰國南部、馬來西亞、印尼的伊斯蘭世界重獲新生。一九七八年時，緬甸曾採取針對羅興亞人的「龍王行動」，導致近廿萬羅興亞人逃往孟加拉，在行動的過程中，羅興亞人遭屠殺、強姦的情況普遍存在；一九九一至九二年間，也發生類似對羅興亞人迫害的事件，導致廿五萬難民逃往孟加拉。

只不過，孟加拉也是區域內數一數二的窮國，所以羅興亞人多將孟加拉當作轉往泰國、馬來西亞的「中途站」，甚至於很多孟加拉人也加入他們的偷渡行列。

羅興亞人主要居於緬甸西北部若開邦，信奉伊斯蘭教，使用的語言則是孟加拉語。二〇一二年以來，若開邦占大多數的佛教徒在政府睜一隻眼、閉一隻眼，甚至變相鼓勵的情況下，發動多次攻擊、焚毀羅興亞人聚居村莊的事件，導致大量羅興亞人外逃。據不完全的統計，幾年來，大約已有十二萬羅興亞人離開緬甸外逃。而他們，卻成爲人口販子可以任意宰割的肥羊。

一般來說，羅興亞人蛇在蛇頭帶領下，或者經過陸路，或者經由海路抵達中轉站泰國，然後再前往穆斯林居多的馬來西亞、印尼，有的則再進一步前往相對上注重人權的澳洲、紐西蘭。

可是這個從地獄通往天堂之路，卻是險阻重重，很多羅興亞人因各種原因而死在半途，永遠到不了目的地。

羅興亞人蛇問題第一次浮上檯面，是二〇〇九年一月的事，當時國際媒體踢爆泰國軍方於前一年十二月，把近千名羅興亞人分置在四艘拆掉引擎的拖船上，每艘拖船供應了僅夠四天的食米與飲水，然後拖到距離泰國海岸一個半小時的公海上「放生」。

十幾天後，部分嚴重脫水、瘦得不成人形的羅興亞人漂流到安達曼島附近，被印度海軍救起，也有一部分漂流到印尼的亞齊省。獲救的大約有五百人，其他人應該都已葬身大海。

「人蛇」突然激增，主要是因爲「蛇頭」調整策略，祭出免付船費的做法，引誘人蛇上鉤。另外就是那時正值春天，載滿緬甸和孟加拉羅興亞人的「人蛇船」紛紛趕在季風季節到來之前啓航，南下孟加拉灣向泰國或馬來西亞駛去。

以往，每個船民須預先繳付大約一千一百美元才能上船，不過蛇頭在那時改以超低船費甚至免付費來招攬客源。人權組織則指稱，蛇頭把船民送到泰南之後，就把他們禁錮在叢林營地裡，然後向船民的親友勒索大約兩千美元的贖金。也有蛇頭把船民「批發」給馬來西亞的農林業者充當奴工。

反人口販運組織「自由天地基金會」指出，一艘載了四百個船民的偷渡船可以爲蛇頭帶來高達八十萬美元的收入。泰國是人口販運的中轉站，當地的不肖軍警與地方有力人士占著地利之便收取「買路錢」，都在「人蛇」的販運中分到一杯羹。

人權組織「鞏固人權」成員史密斯就指出，「來自緬甸和馬來西亞的人口販子堅稱，販運人口的大部分利潤都落入泰國頭目的口袋」。他估計自二〇一二年以來，東南亞人口販運已爲人蛇集團賺取了兩億五千萬美元。

由於泰國是佛教國家，所以信奉伊斯蘭教的「人蛇」並不把泰國當作目的地，而是繼續前往馬來西亞或印尼。馬來西亞的大古來和古來新村，就有「羅興亞聚落」。馬國《星洲日報》在報導中指出，從士乃到加拉巴沙威，羅興亞人的人數有近九百人，但持有難民證者很少。

但即使持有聯合國難民專員署發出的難民證，他們在找工作謀生時，也還是困難重重。他們有的是以拾荒維生，也有些是工廠散工或建築工人，但由於沒有大馬卡或護照，他們有時會被無良公司欺騙，在工作後得不到報酬，但由於無身分，也只有吞下肚去。

此外，這些羅興亞人的孩子也不能到當地學校上課。沒有獲得難民證的羅興亞人，在生病時也無法到診所看病。儘管生活艱難，羅興亞人仍然認爲馬國是安全的落腳處。至少，他們還有機會能像常人一樣生活。

一位在古來生活已超過二十年，名爲卡林的羅興亞人對《星洲日報》記者表示，他在十歲的時候就跟著叔叔、阿姨，通過徒步方式由泰國進入馬來西亞，目前他和妻子、孩子，以及一些朋友共七人住在一間房子裡，「相比在緬甸，羅興亞人在馬來西亞比較安全，我們想在這裡落戶，但是這裡的政府並不接受我們」。

卡林指出，他們爲了生活，什麼工作都願意做，絕大部分都是靠體力工作的散工，但一些沒良心的老闆看準他們沒有身分證和難民證，所以不發工資僅提供飲食，「難民證對我們很重要，但據我所知，有百分之六十居住在古來新村、大古來的羅興亞難民沒有獲得難民證」。

卡林也表示，由於他們不是公民，只能到位於古來太子城一所由聯合國管理的學校學習英文和數學。他指出，這所學校只有一班，沒有分年級，而且通常孩童過了十二歲就不能繼續上課，「根據羅興亞人的習俗，女性通常都不可以出外工作，所以這裡的羅興亞男性在念書到十二歲後，就得出外找生計」。

住在大古來已十四年的諾阿蘭則表示，他在緬甸時的生活很悽慘，也沒有工作，所以只好乘船投奔馬來西亞，他當時也認爲在馬來西亞的生活會比較好過，「沒有難民證，這裡的診所就不會替我們看病，但是要申請難民證就得到吉隆坡，且必須花一些費用，我們哪裡有多餘的錢」。

不過，古來村長兼馬華大古來支會主席曾慶新也指出，羅興亞人形成聚落後，也確實帶來些社會問題。他說，許多華裔村民都已搬離新村，然後把原來的居所租給羅興亞人，一些則是以便宜的價格賣屋子給他們，所以他們的聚落才慢慢興起，「據我所知，大古來六巷是最多羅興亞人居住的地方，而古來新村則是在榴槤路」。

他指出，羅興亞人的生活方式確實爲新村造成一些問題，「有村民投訴，他們來到後，家中的一些爛鐵、舊鞋子等物品經常不翼而飛。另外，他們的生活方式也是導致大古來成爲登革熱黑區的原因之一，我們曾舉辦清潔運動和要求他們改善，他們也會在戶外曬生肉，引來很多蒼蠅」。

總體而言，泰國政府擔心流入國內的難民數量難以控制，但緬甸認爲羅興亞人本來就不是緬甸國民，拒絕接受遣返。泰國官方正積極尋求進入投資剛剛開放的緬甸市場，不願與緬方交惡，想安置或監禁非法入境的羅興亞人，卻又有難民營或監獄不足的窘境。因此，泰國官方決定採取不可告人的「第二方案」，默許將羅興亞人轉賣給人口販子。

被轉賣的羅興亞人首先被告知「將被遣返回緬甸」，卻被載往泰國南部的緬甸邊界，然後由人口販賣集團接手，以漁船載送至無人小島或叢林深處的集中營監禁。若想重獲自由，就必須設法聯絡在緬甸或馬來西亞的親友交付贖款。

集中營內的環境惡劣、幾乎沒有活動空間，許多監禁數月的羅興亞人皆有肌肉萎縮症狀，更有不少人活活脫水致死。試圖逃跑的羅興亞人，有些成功偷渡潛入南邊的馬來西亞，但被抓回的人卻難逃慘遭毒打、甚至殺害的命運。

泰國官方在這方面一向支吾其詞，只承認警方或邊防人員將羅興亞難民賣給人口販子的事件在「過去」的確時有所聞，但最近已經沒有類似案例。不過卻很難取信於人。

除了羅興亞人之外，緬甸還有一個遭人遺忘的少數族裔，就是緬甸廓爾喀族。居住在尼泊爾中部的廓爾喀人一向以英勇善戰聞名，中國清朝乾隆年間還曾兩度入侵西藏。英國在一九〇八年徹底控制廓爾喀之後，就在英軍的建制裡設置了特別的廓爾喀特種部隊。

這支部隊在十九世紀初，受聘於東印度公司，被英國徵召加入駐印、緬甸英軍，之後逐漸演變為英軍的一支常備部隊。他們在二次大戰及福克蘭群島戰爭等二十世紀的戰役中都有表現。

至今，英軍仍留有一個總數約三千七百人的廓爾喀傭兵旅，分別派駐在英國、新加坡和汶萊，以及一九九七年前的駐港英軍，香港人稱之為「啹喀兵」。

廓爾喀戰士引以為傲的特有武器為廓爾喀彎刀。此種彎刀鋒利異常，是廓爾喀戰士的殺敵利器。他們因為有山岳民族的尚武習慣，因此最擅長山地戰與游擊戰。在九一一事件後的阿富汗戰爭中，英國就曾派出廓爾喀部隊加入地面作戰。

在緬甸，目前大約有三十萬廓爾喀人，大部分都是在十九世紀遷移到緬甸。二戰期間緬甸在英國的統治之下，作為緬甸戰爭菁英部隊的廓爾喀部隊，贏取了半數以上的殖民勇士獎章。

一九四八年緬甸爲掙脫英國統治的自由戰爭中，廓爾喀戰士也加入了剛成立的緬甸軍隊，並肩爲自由而戰。

只不過自認爲對緬甸做出過重要貢獻的廓爾喀人，現在認爲自己已被政府所遺忘。廓爾喀人在緬甸獨立初期所採行的一九四七年憲法中，曾被賦予充分公民權利。然而在軍政府於一九六〇年代掌權後進行憲法修訂，廓爾喀族便再不是緬甸的合法族群，這使得他們在保留緬甸公民身分或是申請公民身分方面，受到重重限制。

當時，許多廓爾喀戰士選擇離開緬甸軍隊，因爲他們認爲無法再得到任何福利。時至今日，廓爾喀人仍然遭受著歧視。由於他們沒有公民權，所以他們不能組建政黨，不能參與投票選舉，也不能出國旅遊。

廓爾喀族多位領導人表示，這種歧視連孩童都受牽連。他們指稱，「廓爾喀孩童因爲沒有合法的公民身分，因此不能上學。我們感覺已被緬甸遺忘，政府像歧視卡拉穆斯林一樣對待我們。」

在上次的緬甸全國人口普查中，廓爾喀族也面對著和羅興亞人同樣的問題，即在登記種族時。羅興亞人只能登記爲「孟加拉人」，而廓爾喀族只能登記爲「尼泊爾人」。

廓爾喀領袖查比那拉彥就忿忿不平指出，「我們並非在尼泊爾出生，也不會講尼泊爾語，我們在這個國家（緬甸）出生，是緬甸的廓爾喀族。我們不是尼泊爾人，但政府卻強迫我們自稱尼泊爾人，這分明是要清除廓爾喀族。」

新加坡有什麼不好？

朋友自家鄉來，問道，「你對政黨輪替有什麼看法？」我知道他是問台灣，可是不想答，於是跟他說，這幾年，東南亞經過政黨輪替的國家有菲律賓、印尼、泰國，結果都是一團糟。

然後我鼓足勇氣說，「區域裡面最好的國家是新加坡」。爲什麼要鼓足勇氣呢？因爲新加坡沒有政黨輪替，在成天把民主、自由掛在嘴邊的台灣人眼中，新加坡簡直就是讓民主蒙羞的地方；台灣前總統李登輝就說過，「我會比李光耀獨裁嗎？」言下之意當然是新加坡不民主、不自由。許多台灣人提起新加坡，也多是鄙薄的態度。所以我要爲它辯護，當然要鼓足勇氣。

其實我還眞的不知道從何辯起，就說說事實吧。我是在一九九八年搬到新加坡，前後住了六年。去之前，因爲龍應台那篇〈還好我不是新加坡人〉而對新加坡印象極壞，然

而搬去不久，我就知道自己再也不願意回去住了十九年，那個全世界民主、自由「冠軍」的美國，也才發現龍應台那篇東西其實是自以爲是的瞎子摸象。

不錯，新加坡沒有政黨輪替，但那是因爲反對黨面對政績良好的「行動黨」，根本沒有翻轉的機會。新加坡獨立建國五十年以來，領導階層盡心盡力爲人民做事，就算沒有政黨輪替，有什麼不好？新加坡是完全沒有資源的彈丸之地，甚至飲水都要倚賴馬來西亞，但是卻發展成區域內的首善之地，這當然是由於領導人的創意，這些領導人不是經過政黨輪替產生，又有什麼不好？

李光耀是政治人物典範？

立國至今僅短短五十年的新加坡，以政治穩定、經濟繁榮而傲視區域甚至世界。但是奇怪呢，這麼一個曾經被已故美國哈佛大學政治學家杭廷頓譽爲「近乎完美社會」的國家，竟然常常成爲一些媒體、政治評論家批評的對象，批評的主題則大多集中在威權統治、壓制反對黨……等等。

實則這些批評，絕大多數都流於膚淺、盲目、自以爲是，甚至另有所圖。眞實的情況是，面對施政傑出的「行動黨」，再加上星國反對派人士根本上欠缺素質甚至勇於內鬥，在可預見的未來，完全看不出新加坡反對黨有任何茁壯的機會。

位於星國芳林公園、二〇〇〇年爲回應批評而仿效英國海德公園設立的「演說者角落」，就是個活生生的例子。

「演說者角落」設立之初，確實曾經熱鬧過一陣子，但熱潮很快就消退。主要就是，演說者說不出什麼對星國政府批評的大道理，最後淪爲盡談雞毛蒜皮小事，搞得群眾倒盡胃口。最後，「演說者角落」就只剩下一塊招牌立在那邊，供人憑弔。

二〇〇八年九月，新加坡總理李顯龍又宣布一項開創性措施，亦即只要通過網上簡易申請，任何人及團體都可以在「演說者角落」集會、示威。該國《聯合早報》還特地連續幾天追蹤，希望報導對星國來說是空前的戶外集會、示威，結果卻是「只見到一些小鳥飛來飛去」，根本沒人申請。

來談談民主選舉吧。

泰國總理阿披實二〇一一年五月十日宣布解散國會，七月三日進行大選，語音剛落，當天晚上就槍聲響起，前「爲泰黨」國會議員普拉差在爲北欖府行政官員選舉站台後，駕車回家半途遭數名槍手狙擊，身中五槍，所幸未擊中要害，送醫搶救後僥倖躲過大劫。

這個現象在東南亞不算稀奇。二〇〇九年十一月，菲律賓南部發生駭人聽聞的選舉屠殺，包括候選人親屬、支持者乃至隨行媒體記者在內，共有五十七人死於非命。

而那次事件之所以「駭人聽聞」，並不是因爲槍殺事件的本身，而是因爲實在一次有太多人遇害，因爲在菲律賓，選舉期間沒有暗殺事件，才是新聞。

同樣的，區域內其他國家的選舉，充斥了威脅、恐嚇、買票、作票、黑函、抹黑…種種弊端。

那麼，新加坡呢？

新加坡的民主選舉制度當然還有一些缺陷，最明顯的就是「集選區」制度。

新加坡是一個相當「實際」的國家，爲了適應其本身的各種特殊狀況，它會設想出很多「創新」的辦法，其選舉制度裡的「集選區」也是其中之一。

「集體選舉區制度」（集選區）是在開國總理、已逝的內閣資政李光耀的倡議下，於一九八八年大選時首次出現。在全世界，它也是獨一無二的選舉制度。

根據李光耀的說法，集選區的設立，是爲了確保國會中永遠都會有少數族裔當選爲議員，從而保障少數族群的代表權。

集選區一個選區一般選出四到六位議員，必須是來自同黨或政治聯盟而組成的團隊，其中至少一位必須是來自少數族群，如馬來人、印度人或其他非華人。候選人係以團隊方式跟另一個團隊競爭，選民投票時也是投給 A 隊或 B 隊而非投給個人。

首先，參選政黨可以用帶頭的「母鴨」夾帶沒經驗的小鴨闖進國會。這也是「行動黨」一直以來的做法，每組人都以一、兩位現任的部長當「母鴨」。

其次，「行動黨」顯然在這個制度下掌握執政的優勢，前述帶頭的部長當然比在野者有「政績」，更容易讓選民認同。較爲弱勢的在野黨則抱怨無資源、無足夠人才組成團隊跟執政黨競爭。

反對黨因此指責「行動黨」精心設計「集選區」制度來壓縮對手，這個指責並非毫無根據，因爲居於弱勢的反對黨，確實比較難組成強隊，來對抗具有執政優勢的「執政黨」。

這個制度很明顯有利於執政黨，也造成選票獲得與席次獲得不成比例的怪現象。譬如二〇一一年那次大選，反對黨大有斬獲，執政的「行動黨」明明只獲得百分之六十選票，卻仍然可以在國會占有百分之九十三的席次。

所以自一九八八年以來，「集選區」一直是「行動黨」固若金湯的基地。

然而，前述大選最精采的部分就是「工人黨」強攻「阿裕尼集選區」一役，這個在過去二十三年都被視爲「以卵擊石」的仰攻，這次竟然成功了，一舉五位候選人進入國會。更戲劇化的就是，形象良好、任事負責、領軍固守「阿裕尼集選區」的星國外交部長楊榮文卻在此役嘗了敗績，不但失去了國會議席，也無法再出任內閣部長，而且自後就消失於政壇。

楊榮文落選，星國無論朝野都深感惋惜，也凸顯出「集選區」兩面刃及不合理的特性。換句話說，「集選區」看起來是對執政黨有利，但實際操作上也有反噬的危險。楊榮文的落選，更凸顯一個弊端，就是「小鴨」會拖累「母鴨」。

除了制度上的不公可能一時還無法糾正之外，新加坡的選舉從來就十分優質，在九天競選期間，候選人、政黨乃至於選民，都表現得十分文明，沒有周邊國家選舉常見的負面、抹黑手法，政黨、候選人也都能就事論事，清楚辯論政策，更不要說其選舉之乾淨，完全沒有買票、作票的情況。

其實，因爲新加坡反對黨力量太小，星國政府還特別予以照顧呢。

目前，新加坡國會共有八十四席民選議員、一位非選區議員、九位官委議員。所謂「非選區議員」，就是由輸給執政黨候選人，但得票最高的反對黨候選人自動進入國會。簡單地說，就是保送給反對黨一席。事實上，爲了讓反對黨的「數目」好看一點，星國還曾修改法令，保送更多反對黨的「非選區議員」進入國會。

新加坡是個小國，好的人才早被執政黨網羅殆盡，反對黨內又充斥濫竽如徐順全者流，要如何茁壯，如何獲得人民信任？

徐順全其實是反對陣營中最壞的典型。此人本來是由詹時中引入政壇，後來卻把詹時中趕出民主黨而自任祕書長，結果民主黨非但沒有壯大，反而沒落。此人的能力已可見一斑。

徐順全最大的問題就是以「造謠」來進行反對運動，搞到最後被同志，甚至新加坡民眾唾棄，在政治上可說完全破產。可是卻有西方媒體及一些不明所以的政治評論家把徐順全這個人當成反對黨指標人物，眞是貽笑大方。

美國總統歐巴馬二〇一六年八月二日在白宮接待首次正式訪美的新加坡總理李顯龍，

兩人隨後在白宮橢圓形辦公室舉行雙邊會晤，並在會後召開聯合記者會。這是歐巴馬在八年任期內首次邀請東南亞國家領導人正式訪美並參加白宮國宴，自然有其一定的意義。

歐巴馬在致詞時形容美新兩國以及兩國領導人關係「堅如磐石」，並指出新加坡是個「有很大影響力的小紅點」。歐巴馬說，「人們都說新加坡是地圖上的小紅點，但新加坡人以此爲傲，因爲新加坡是個有很大影響力的小紅點」。

當年說新加坡只是地圖上的「一個小紅點」的人，是印尼前總統、已在德國過退休生活的哈比比。哈比比就如同許多東南亞國家的領導人一樣，一向看不起新加坡。我在一九九九年曾經給哈比比做過專訪，他當時就痛批新加坡是「種族主義者」，引起相當的外交風波。

只不過，在現實政治上，作爲一個「小紅點」的新加坡，卻是區域內最受國際重視的國家。而這一切，都得歸功於已去世的新加坡前總理，也就是李顯龍的父親李光耀。

李光耀在國際舞台上面對大國領袖時，向來不卑不亢，所表現出來的見識、氣度，堪稱爲所有政治人物的典範。

李顯龍在會晤歐巴馬時，也特別提及李光耀在一九六七年應時任美國總統詹森的邀請前往訪問的情景。李顯龍指出，當時剛獨立（新加坡是一九六五年獨立）的新加坡處在動盪區域的中心，沒有國防基礎，也缺乏經濟能力，然而李光耀到華盛頓卻不是爲了爭取經濟或防務援助，而是推動美國參與亞太區域事務。

李顯龍表示，美國內部當時因越南戰爭出現裂痕，李光耀則向美國的朋友解釋亞洲對美國的重要，讓他們知道美國的積極參與對生活在東南亞數百萬人的意義，「結果美國的存在遏制了共產主義的蔓延，讓東南亞非共產主義國家有時間和空間安全地重振國家，取得繁榮」。

換句話說，李光耀並未因新加坡當年的弱小而妄自菲薄，仍然站在一定的高度，對美國領導人、百姓剖析區域內的主要問題，建立起對方對他的敬重，而不是像另外許多領導人卑顏屈膝，乞求援助，甚至只是想盡辦法擠到大國領導人身旁拍張照片，以驕國人。

順便提一下，歐巴馬當年當選之後，就曾立即邀請李光耀前往訪問、請益。對於一位已經卸任的領導人這樣尊重，也是絕無僅有的事。

東南亞許多國家都貪腐盛行，警察利用職權接受賄賂或甚至訛詐金錢，不但不是新鮮事，很多情況下根本就是常態，唯有新加坡是個異數，賄賂警察的結果是會被判刑、坐牢。

不久之前星國就發生一個案例，一名貨車司機因違規被交通警察開罰單，司機求情不成後掏出一百新幣（約合台幣兩千二百元）企圖賄賂，結果當場被逮捕，不但被判坐牢四週，上訴期間還得交付一萬新幣保釋金。

這名今年六十五歲的司機被交警攔下後，被告知將被開一百五十新幣罰單以及扣點，司機苦苦哀求交警放他一馬，然後竟在求情不成後，拿出兩張五十元新幣鈔票放在地上。交警問司機為什麼放錢在地上，司機答稱，「我給你一百新幣，請不要開罰單」，結果遭交警拒絕並當場予以逮捕。這名司機後來在法庭上坦承行賄，但以患有高血壓、糖尿病不適合坐牢為由求情，不過法官指他的行為是嚴重罪行，判坐牢四週。

新加坡的公共服務有口皆碑，樟宜機場就是最好的例子。

樟宜機場自一九八一年啓用迄今，已獲國際航空運輸組織或刊物頒發（超過三百七十個）全球最佳機場獎。

美國《華爾街日報》指出，樟宜機場以客為尊，並將機場改造成舒適宜人的購物和休閒空間，讓過境旅客人人稱讚，流連忘返。例如，機場內提供許多免費的貼心服務，旅客可免費上網，在休憩區內小寐或觀看電視。如果想要洗澡，個人浴室只要六美元。若想在小房間內睡覺，三小時收費廿三美元。

另外，機場過境飯店的游泳池，免費提供旅客使用。過境旅客若有時間，想要來一趟新加坡觀光之旅，機場也有免費巴士可搭乘。爲了避免干擾，機場也刻意降低廣播音量和次數，全天候放送柔美音樂；上廁所時若發現沒衛生紙，也可按觸控螢幕傳送簡訊告知，服務人員會立刻補送。

二〇一二年，法國客戶調查機構 Presence 的調查員，對全球三十條著名商業街的約四百家商戶作了暗訪的評比，結果新加坡的烏節路脫穎而出，擊敗其他國家的商業街而名列榜首。烏節路在購物吸引力、店家服務、道路環境氣氛等總積分，超越包括紐約第五大道在內的其他受訪商業街道，居世界第一。

烏節路道路環境氣氛也獲得單項第一，得到評語是，「人行道寬廣清潔，商家多樣化」。緊隨在後的是購物環境出眾的盧森堡自由大道。

新加坡是一個標準的麻雀雖小、五臟俱全國家，其社會安定也舉世聞名，而其中一個主要的因素就是「公共組屋」起到「居者有其屋」的作用。

新加坡住屋政策的成功，使得經濟飛速發展的中國也見賢思齊，開始試辦這種在當地稱作「公共住房」、面積大約六十平方米（二十坪）的小戶型單位。

這個試點就坐落在中國、新加坡雙方的合作項目「中、新天津生態城」裡，入住者必須滿足政府設定的條件，這些條件包括以家庭爲核心、必須住滿一定年限、限於自住，以及日後只允許轉賣給符合資格的人。

這個參照新加坡組屋政策的框架將納入新加坡公共住房模式的一些顯著特點，內涵與中國目前公共住房制度的主要分別在於強調「居者有其屋」，以及規定公屋只能轉賣給其他符合條件的公屋申請者。此外，由地方政府負責管理和維修，在中國也將是一個創新的做法。

新加坡年齡介於十六至六十歲的人都擁有手機，其中百分之七十二用的是iPhone、黑莓之類的智慧型手機，使得星國智慧型手機的滲透率高居全球第三，亞洲第一，其次是香港（百分之五十八點八）、馬來西亞（百分之五十五點三）。日本則只有百分之五點七。

新加坡一向被國際組織評爲新聞相對不自由的地方，甚至於新加坡人都認爲媒體是「政府機構」，所以一般人都不會對媒體的報導有太多期待。

可是在過去兩次大選中，星國媒體的表現卻讓人耳目一新，各種報導都相當開放，感覺上也很平衡，似乎不像是一般評論者所謂的「政府喉舌」。

一位不願意透露姓名的星國媒體高層人士表示，現在無論平面或電子媒體都能做廣泛、平衡的報導，確是事實，也是跟過去的大選最大不同之處。但這是否就意味著新加坡媒體更進步了呢？

他笑著說，「也未必，過去反對陣營抱怨對他們的報導較少，問題是他們參選的人數本來跟執政黨（行動黨）就相差甚遠，甚至也提不出特別的議題，媒體要如何加重報導呢？」

他也承認，「行動黨」的政府高官與媒體的互動確實相當密切，他們經常與媒體高層見面、餐敘，告知一些內幕，也懇切解釋爲什麼不適合報導的原因，「至於外傳的所謂『指使、指導』，那是絕對沒有」。

他指出，以現在網際網路的發達，政府事實上也無法控制資訊的流通，而且網路上其實流傳很多不是事實的謠言，讓正統媒體做出公平、平衡的報導，對執政黨其實是有利的。他說，「媒體不可能是完全沒立場的，像我們的報社高層，就不諱言我們是『親政府的上市公司』」。

泰國不准有錢人從政，新加坡不准窮光蛋從政

過去十一年以來，泰國政治一直動盪不安，但所有的鬥爭都圍繞在一個人身上，就是二〇〇六年九月遭政變推翻的前總理塔信。塔信在國內時翻手爲雲、覆手爲雨，即使下台流亡海外後，依然能攪得泰國政壇風風雨雨。

塔信的本事在於，只要是選舉，不管他本人在不在泰國，他都能操盤獲勝。政治對手無法在選票上獲勝，只好藉助非常手段，所以他也創下了對手八年內必須發動兩次軍事政變（一次是二〇〇六年九月他本人擔任總理任內，另一次是二〇一四年五月，塔信幼妹穎拉擔任總理任內），才能推倒他的政府。

泰國上次的政變是由陸軍總司令巴育上將發動，他顯然記取了發動二〇〇六年政變者、時任陸軍總司令頌提上將所犯下「錯誤」的教訓。頌提當年發動政變後，成立了相當於軍事執政團的「泰國國家管理改革委員會」接管政權，但頌提本人並未戀棧權位，

一年之後「還政於民」舉行大選，結果塔信隔海操控的「人民力量黨」贏得選舉。贏回政權的塔信志得意滿地於隔年二月二十八日回到曼谷，創下遭政變推翻而還能回國的紀錄。雖然塔信在同年八月又因爲政敵群起反撲，炮製出一個購地弊案而再度倉皇出亡，但他的回國，已經讓政敵嚇出一身冷汗，甚至已經卸下軍職的頌提本人都緊張地搬回軍區居住。

巴育這次的做法則顯然不同，政變之後成立的「全國和平秩序委員會」至今未撤除，甚至還將延續到新的文人政府產生之後，巴育本人非但擔任「全國和平秩序委員會」主席，更出任臨時政府總理至今。

現在，新的大選日期尚未正式宣布，其中一個很主要的原因就是巴育政府要在正式舉行大選前確保此次無論如何都不能再讓塔信以任何形式翻身，其中一個做法就是制定新憲法時，阻隔塔信重返政治之路。

泰國草擬憲法委員會發言人拉達納萬尼就表示，負責制定新憲者決定根據憲法草案第一一一章十五條，規定因犯下四類過錯而被撤除公職的政界人士不得再申請成爲國會議員或參議員。

這四類罪行分別爲，政治人物異乎尋常富有；行事方式有違公務職責，存在腐敗嫌疑；行事不當，有損公職權威；涉嫌司法腐敗。這四個罪名在法律上都非常含糊籠統，認定的彈性極大。

另據泰國憲法草案第一一一章第八條規定，在過往選舉中收到「紅牌警告」者將被永遠禁止出任政治職務。所謂紅牌警告，就是說已被法庭或者類似的合法機構裁定曾導致選舉不公。而犯下輕微罪行的人，包括行爲不道德、虛假申報財產和因故意違法行使權力而被撤離公職者，五年內禁止參政。

拉達納萬尼表示，上述憲法草案的條款有其必要，因爲臨時憲法修正案第三十五章第四條要求憲法制定者設計能夠永久禁止政客腐敗的機制。

雖然他以不評論個案爲由，拒絕說明塔信和穎拉是否會因憲法草案受到影響，但《曼谷郵報》指出，泰國最高法院二〇〇八年在塔信沒有出庭的情況下，裁定他在其妻非法購地案中貪污罪名成立，被判有期徒刑兩年，還沒收其部分財產。而穎拉則因被指在大米收購計畫中存在瀆職失責，今年初被國會彈劾，五年內不得從政。她也同樣就大米收購計畫瀆職案面對刑事指控，如果罪名成立，她可能坐牢長達十年。因此憲法草案通過之後，他們兄妹二人或將永遠無法重返泰國政壇。

另外，泰國國會副主席皮拉薩還指出，爲了打擊貪腐行爲，犯下貪污罪行的政治人物不單應該被禁止重返政壇，還必須坐牢。皮拉薩表示，他同意憲法起草委員會的決定，禁止涉貪的政治人物重返政壇，但他認爲這些貪官還須被送進監獄，以杜絕官員中飽私囊的問題。

不過，皮拉薩不贊同這項禁令應具有追溯效力。泰國教育部前部長、親塔信的「爲泰黨」核心人物乍都隆也表示，禁涉貪官員重返政壇若具有追溯效力，就是帶有政治目的做法，會進一步引發政治分裂。

前述的新憲，最引人側目的就是，規定因犯下四類過錯而被撤除公職的政界人士不得再申請成爲國會議員或參議員。按照泰國的政治結構及規則，這就等於永遠剝奪參政權。譬如說，在泰國如果想擔任總理，必須先具有國會議員的資格。

但其中又以第一項最爲特別。對泰國政治狀況敏感的人，一定會聯想起這個規定是針對塔信及穎拉而來。如所周知，自二〇〇〇年起擔任泰國總理的塔信富可敵國，但卻在二〇〇六年遭政變推翻、流亡在外，但是之後的歷次選舉，他都有能力遙控所屬的政黨獲勝，因此他的政敵一直擔心他會重返泰國政壇，同時竭盡所能防堵。

穎拉則是塔信的幼妹，是政治上的絕對「素人」。但是塔信在二〇一一年操控「爲泰黨」贏得大選，把沒有任何政治經驗及經歷的穎拉推上總理寶座。

二〇一四年五月七日，泰國憲法法院以「瀆職」裁定穎拉下台，當時有評論將之稱爲「司法政變」。兩星期後的五月二十二日，泰國軍方更進一步發動軍事政變，把殘存的穎拉政府撤底推翻。

穎拉下台後還面臨有關「大米典押案」的司法檢控，但她決定面對司法，並誓言將重返政壇。塔信本人也在接受境外媒體訪問時，透露有朝一日將重返泰國的心願。

這個，恐怕就是泰國新憲要訂定「異乎尋常富有者」不得從政的眞正原因，因爲這個條款，不但解釋度極爲寬鬆，而且可以立即適用於塔信及穎拉。

有關這件事，有趣的對比是同爲東協國家成員的新加坡。新加坡明文規定法院裁定破產者不能從政。所以新加坡政府有時對付異議人士的做法，就是採取法律訴訟並尋求賠償，告到對方破產。

最出名的例子就是知名異議人士惹耶勒南在一九九八年因選舉引起的誹謗案，被裁定須做出賠償。二〇〇〇年五月，惹耶勒南因故延遲償還賠償款，結果在次年被星國高等法院宣判破產，依法喪失議員資格，惹耶勒南也從此退出工人黨。

新加坡之所以有前述規定，就是認定破產者從政，比較容易涉入貪腐。同爲東協國家，一個不准有錢人從政，一個不准窮光蛋從政。想想，也滿有意思。

菲律賓社會的情婦文化

二〇一〇年五月十三日遭狙擊身亡的泰國反政府「紅衫軍」要角、綽號「紅司令」的特種部隊少將卡提亞在當年六月二十二日舉行火化儀式，結果現場有位婦人帶著一名五歲、長相俊秀的男孩前來祭拜，並聲稱小男孩是卡提亞的非婚生子。

雖然卡提亞的兒、女都表示不識其人，但顯然那位婦人所說的並非空穴來風，因為在泰國社會，男人在外邊有情婦是很普遍的事，更何況卡提亞的元配也已過世。

東南亞許多國家貧富懸殊，在生活困難的情況下，部分女子委身成為情婦以求能獲得溫飽的例子所在多有，甚至於在泰國首都曼谷，都有很多女大學生被商人包養。

不過說到「情婦」，菲律賓也是個情婦盛行之地，而之所以盛行，竟然跟天主教不允許離婚有關。

換言之，正因為無法離婚，感情已經變質的夫婦還是不得不勉強繼續維持「夫婦」的

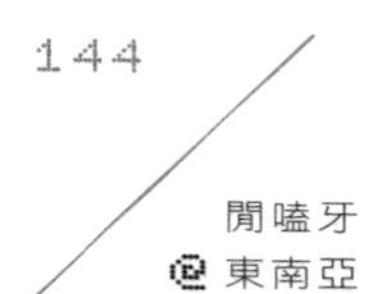

身分，男方、女方互有情婦、情夫的情況並不鮮見。

菲國著名的電視主持人、專欄作家朱麗．達札（Jullie Yap Daza），就專門寫過一本名爲《情婦的儀節：大老婆可以從她們學到什麼？》的暢銷書。這本書一九九三年出版後，立刻洛陽紙貴，至今已經再版十一次。

朱麗表示，她之所以會動念寫這本書，是因爲她在一九九二年大選期間訪問了許多男性候選人，其中一個問題就是，「你有多少位情婦？」結果「他們對這個問題都滿開放的，太太們就比較保守，但態度也多是『只要丈夫還知道回家，她們就可以忍受』」。

朱麗更進一步指出，在菲律賓，其實一個男人並無須富有，就可以擁有情婦。

菲律賓的法律雖然並不承認所謂「情婦」的地位，卻認可非婚生子的法律權力，私生子可以取父姓，也享有繼承的權利。朱麗說，「只要『離婚』這件事在這個國家還屬非法，『情婦』就會被視作『二老婆』、『三老婆』、『四老婆』……而存在」。

菲律賓大學「婦女研究中心」一位不願透露姓名的研究員也指出，情婦的問題在菲律賓是個「社會現實」，「許多已婚男人都有情婦，一些女人接受這個現實，另有一些則選擇『視而不見』」。

朱麗表示，「儘管『大老婆』也許並不喜歡這種狀況，但是如果她們決定走出婚姻，卻會蒙受最大的損失，孩子、生活保障、社會地位以及銀行帳戶都將不保」。

朱麗也指出，其實幾乎所有的情婦都知道自己在做什麼，也很清楚自己的角色。她對這些「情婦們」的建議就是，如果還沒有從情夫那兒得到房子、珠寶、汽車、存款……的話，至少也該要求情夫買張保單，在受益人欄填上自己以及孩子的名字，「這張紙，好過結婚證書」。

惡名昭彰的菲律賓警察

二〇一六年十月十八日，韓國韓進造船廠前主管池伊喬（譯音）在菲律賓首都馬尼拉以北約兩個小時車程的安吉利斯市（Angeles）的住家，被包括警察在內的八個人持掃毒拘捕令帶走。結果，帶走池伊喬的警察之後竟然向他的妻子索取贖金。

據《菲律賓商報》報導，池伊喬的妻子原本支付了五百萬比索（約三百萬台幣）的贖金，但對方又再要求追加四百萬比索，卻無法提出池伊喬仍在世的證據，他的家人於是決定向警方報案求助，經過幾個月的調查，赫然發現池伊喬其實早在被帶走的當天就已遭殺害，而且立即送往一位退休警官開設的殯儀場火化。

菲律賓警察總長德拉羅薩二〇一七年一月十九日在記者會上披露，有三名警察直接做案，地點就在馬尼拉的國家警察總部克拉梅營，他們的一名上司還在旁監督犯案。德拉羅薩說，「他們（嫌犯）說明了如何扣押受害者，把對方帶到克拉梅營，並把他勒死的過程。我只想從地球上消失，我們的人所作所爲讓我非常慚愧」。

這個事件讓上任後高調掃毒的菲國總統杜特蒂十分尷尬，他坦承菲國約四成的警察涉及非法活動，他同時也宣布暫停掃毒行動以便「清理門戶」。

杜特蒂在記者會上針對池伊喬在警察總部被撕票案說道，「你們警察最貪腐了，你們已經爛到核心」。杜特蒂表示，掃毒警員濫用職權綁架並勒死韓國商人讓他很尷尬，並限其他還在逃的嫌犯四十八小時內自首，否則就會懸賞五百萬比索發出「格殺勿論」通緝令，而他本人「更傾向於見到屍體」。

德拉羅薩隨後也在記者會上宣布，警方將解散及重組所有掃毒部隊，「所有的無賴警察，當心了！我們現在不對毒品作戰，我們現在要對付的是害群之馬」。

菲國左翼活動組織「新愛國聯盟」秘書長雷耶斯說，「一個貪污腐敗的警隊有罪不罰是常態，怎麼可能有效取締非法毒品等罪行……死亡人數會不斷增加，穿制服的罪犯會嚴重危害人民」。

向來強烈批評杜特蒂肅毒手段的女參議員德利馬指出杜特蒂有「認知不協調」的問題，這令人「非常不安」。她在一份聲明中說，「我一直很擔心總統的心理健康……他強烈指責警方貪腐但又依賴他們執行掃毒任務，這樣不一致的立場會帶來可怕的後果」。

同樣對杜特蒂批評不遺餘力的參議員特里雅內斯則指出，杜特蒂的肅毒行動已經製造了一種「有罪不罰」的文化。他說，「我們正在把菲律賓全國警察的一些成員變成怪物」。其實，特里雅內斯的話只說對了一半，因爲菲律賓的警察不是現在才開始變成怪物，他們早就是了。

東南亞十個國家裡，除了新加坡、汶萊之外，警察貪污、濫權的情況十分普遍，其中又以菲律賓最爲嚴重。

在菲律賓，幾乎每一個人都能隨口說出警察的惡行劣跡，很多綁架、搶劫的主其事者其實都是警察，許多華商在菲律賓也受盡警察的氣，而菲國治安不好，跟警察大有關係。

以下都是眞實發生過的故事。

一位台商半夜出門買東西，結果被歹徒盯上，硬是把他的車子彎停在路邊，押著去提款機提領了十幾萬比索，前後過程大約三、四小時。

他灰頭土臉去警局報案，筆錄一做九個鐘頭，期間不斷有其他不相干的警員前來「關心」案情。問題是，來的每個警察都要塞給五百比索「感謝費」。

筆錄做完事情並沒了，從此以後每天都有警員上門「報告案情進展」，而且每天還不只來一個人。這些人，也都要塞小費打發。

麻煩的是，案子永遠破不了，警察還是天天上門「報告」。台商最後受不了，花了一筆「大的」，表示不想再繼續追究，只拜託警察不要再上門。

另一位台商的遭遇也差不多。他的公司遭小偷侵入，損失了二、三十萬比索，報警之後警察每天來公司借車，說是要查案但自己無警車可用。台商只好借車。借了車之後，對方說沒錢加油，只好再付油錢。油錢到手後又說辦案一整天公家不付餐費，台商又只好拿出誤餐費。

就這樣，整整折騰一個月，警察每天來借車、領錢，總說有進展卻又總是不破案，搞得台商煩不勝煩，最後也是「拜託」對方別辦案了。

菲律賓警察死要錢的現象十分普遍。交通違規要罰兩千比索以及參加講習。警察會說，「我幫你去繳錢，可以不用講習」。這錢，當然是進了他的口袋。講習？講什麼習？案子根本沒報上去。

知情者舉例，菲律賓一位警中校的待遇大約是每月兩萬比索，一般家庭都有四個孩子，光是一學期的學費就要四萬比索，「一有機會，當然拚了命訛詐」。

在菲律賓，發生了命案幾乎都破不了。曾經有位台灣人在馬尼拉遭人殺害，他的父親從台灣趕來處理，菲律賓警察竟然跟他說只要付五萬比索，就負責把凶手「幹掉」，幫他報殺子之仇。

死者老父因爲信佛，想想還是算了。而且就算是付了錢，誰知道警察會不會眞的去「幹掉」凶手，或者誰知道警察幹掉的是什麼人？警察如果眞知道凶手是誰，爲什麼不抓人？兒子死了，還眞死得冤枉。

馬尼拉灣是著名景點，一到晚上遊人如織，十分熱鬧，可是要小心，陷阱不少。一位台灣遊客在馬尼拉灣附近「吊到」一名年輕菲律賓女子，以爲碰到豔遇，帶到旅館之後還沒辦成事，該女子的父母、居住地的村長、警察突然破門而入。

這下慘了，與未成年女子發生性關係在菲律賓是重罪，只好花一百萬比索和解。女孩家得三十萬，村長三十萬，警察三十萬，律師十萬，警察局長還說，「算是不錯了，日本人、韓國人要三百萬才夠」。

其實韓國人遭到菲國警察綁架、勒索並不是第一次。不久前就有三名到菲律賓打高爾夫球的韓國人遭警察搶劫。菲警方發言人說，這三名韓國商人去年十二月在安吉利斯市一個高尚住宅區被數名警察以掃賭爲由，搶走他們的財物，其中包括電腦、金飾、高爾夫球具、鞋子及一萬比索現款。

三名韓國人隨後被押往警局扣留了長達八小時，過後其友人支付了三十萬比索才獲釋。他們立即向韓國駐馬尼拉大使館投訴，使館人員隨後報警，調查結果證實有七名警察涉案，他們全都被開除。

而在一月間涉及勒索的三名警察卻並未被開除，只是調職。這件事也引起相關人士抨擊。三名警察被指在馬尼拉向一對母子勒索十二萬比索。菲國警方則在一月二十六日發布聲明，將這三名警員從馬尼拉調往犯罪率高的菲南。馬尼拉大都會奎松市警察首長艾利沙說，「這是我們（城市警察）持續整頓內部的部分行動之一。這將能警惕那些涉及非法活動的警員，並警告其他人不要知法犯法」。

此外，二〇一一年十月間，當時擔任馬尼拉市長的林斐洛就曾下令逮捕十名被指涉及綁架四名韓國旅客的警察。

前任總統艾奎諾三世任內，菲國調查局局長蓋特杜拉也因捲入綁架日本人勒索錢財的案件而被革職。根據菲國司法部特別小組調查，調查局人員於二〇一〇年十月假借救援行動，帶走一名三十二歲的日本籍女子，但在發現她是非法外僑之後，反而勒索一千五百萬比索（約新台幣一千零三十七萬），最後女方家人支付了六百萬比索。據稱蓋特杜拉及數名調查局主管都分到好處。

因此，包括菲國警方在內執法人員貪贓枉法的各種事情，在菲國根本不是新聞。

泰國皇室新聞不可隨便亂碰

二〇一五年時，一位泰國男子因爲在「臉書」上傳諷刺泰皇所飼養愛犬的貼文，結果遭到「冒犯君主罪（Lese Majeste）」起訴。這件事，讓許多泰國以外的人覺得匪夷所思，可是在泰國，絕大多數的泰國人都會認爲該男子罪有應得，因爲他們早已認定該犬是皇室的一員，任何人對牠不敬，都理應受到懲罰。

二〇〇八年十一月底，泰國「黃衫軍」做了一件轟動全球的事，強占曼谷素旺那普國際機場，等於封掉了泰國的大門。當時許多在泰國的外籍遊客都憂心忡忡，擔心回不了家。但泰國人卻好整以暇，他們說，「沒事的啦，泰皇生日就要到了，他們（黃衫軍）一定會給泰皇面子，結束占領」。

果然不錯，泰皇生日（十二月五日）接近之時，「黃衫軍」就退出了機場。

在泰國，泰皇不僅僅是國王而已，他是全國百姓的「父親」，所以泰國的父親節與其他地方都不一樣，就落在泰皇生日這天。同樣的，泰國的母親節就是皇后詩麗吉的生日。泰皇及皇后受泰國人愛戴的程度，已可見一斑，其中又以泰皇爲甚，皇后其實是有點「沾光」的性質。

那麼，泰皇爲何如此受愛戴呢？這件事，說到底，不外是成功的造神運動加上嚴刑峻罰。當然，泰皇本人也確實讓泰國百姓有「仁民愛物」的感受。

幾乎所有的泰國老百姓提到泰皇時，都可以對他全泰國走透透探視民間疾苦的事蹟琅琅上口，泰皇浦美蓬也贏得了「泰國最勤奮的人」的稱號。實際上，泰皇所住的皇宮就是個龐大的農、漁、牧實驗場，泰皇親力親爲帶領進行各種實驗，然後再將實驗成果轉移給民間，這樣的項目多達五千件。

在泰國的廣大鄉間，許多設施都是以泰皇或皇后之名捐助，泰國人民耳濡目染，自然對皇室產生敬重的心理。除此而外，泰國百姓對皇室的敬重當然還有歷史及社會結構的因素在內。

泰國實施君主立憲制，但王室的傳統從未中斷過，因此在結構上還是相對階級制度較爲明顯的國家。所以，即使貴爲總理，覲見泰皇時也一樣斜跪仆伏在地，類似這樣的儀式，就很自然地塑造出泰皇高高在上的威儀。

一般的泰國百姓當然無緣覲見泰皇，但是泰皇其實無所不在，大街小巷裡隨處可見泰皇肖像。電影院開場之前一定會播放一段歌頌泰皇的〈崇聖歌〉，所有的觀眾也必須起立致敬，這種潛移默化，也讓尊重泰皇變成生活中很自然的一部分。

不少人對泰國的印象是來自於當年膾炙人口的影片《國王與我》，但是鮮有人知的是，這部影片卻從來沒有在泰國上映過，原因就是泰國人認爲這部影片根本悖離事實，其中部分內容也有對皇室不敬的嫌疑。

二〇一五年十二月二十五日，在泰國出版的美國《紐約時報國際版》原計畫在第四頁國際新聞版刊登前述泰皇愛犬遭諷刺的報導，結果在交印時，該篇文章被當地印刷廠刪除，以至於開了天窗。

這篇長六百一十八字的文章是由《紐約時報》曼谷特派員湯瑪斯．富勒（Thomas Fuller）撰寫。根據該報的網路版本，其內容是關於一名工廠員工塔納孔．詩里帕蓬（Thanakorn Siripaiboon）在「臉書」上貼文嘲諷泰皇的愛犬，結果在泰國特有的「冒犯君主罪」下被控，他同時也面對發表煽動性言論和侮辱君主的控狀，一旦罪成，可能會被判刑高達三十七年。

塔納孔的律師阿儂指稱，一般認爲「冒犯君主罪」是針對破壞泰皇、皇后、皇儲與攝

上：泰國王室絕對不容冒犯。

下：《紐約時報》記者湯瑪斯 · 富勒被控冒犯王室罪。

政王名譽的行爲，然而現在竟擴及一隻家犬。他說，「我從未想過他們會對皇室養的狗用上這條峻法，眞是沒道理」。

今年八十八歲的泰皇蒲美蓬是於一九八八年收養了當時爲幼犬、在街巷流浪的母狗，並命名爲東殿英（Thong Daeng），自後東殿英就一飛升天，成爲泰國家喻戶曉的名犬。蒲美蓬在二〇〇二年寫了一本名爲《東殿英的故事》的書，該書立刻成爲泰國暢銷書，後來也改編成動畫電影上映，成爲泰國賣座第二高的影片。東殿英則早就被泰國百姓視爲皇室的一分子，享有崇高地位。

蒲美蓬在書中將東殿英形容爲「懂禮貌的乖狗」，並在序言裡指稱，東殿英「謙遜懂禮節，牠總是坐得比泰皇低」。批評者則表示，書中對東殿英做這樣的描述，目的應該是隱喻泰國人也都應該效法東殿英。

東殿英後來以十七歲高齡過世。

其實《紐約時報國際版》已是第四度因「內容不妥」遭印刷廠逕自刪除文章而開天窗。其中至少有兩次是由於文章內容涉及皇室，反映出皇室新聞在泰國是一個極度敏感的問題。

實際上，所有在泰國工作過的媒體人員都知道，除非是泰國宮務廳主動發出的新聞，否則皇室新聞是能不碰就不碰。在泰國，所有人都有權甚至有義務對任何侮辱皇室的事件提出檢舉，印刷廠主動抽下原本應刊登的文章，也不足為奇了。

譬如說二〇一五年九月二十二日，《紐約時報國際版》頭版也在泰國遭封殺，主因是一篇對蒲美蓬的健康狀況報導，讓泰國印刷廠認定「過於敏感」而拒絕印製。同年十二月一日，再次發生類似狀況，《紐約時報國際版》在泰國的印刷商「東方印刷公司」撤除了該報頭版一篇題為「泰國經濟與心靈全面沉淪」的報導。那篇文章同樣由富勒撰寫，內容提到泰國多年的政治動盪，以及所面對的王位繼承問題，估計應該是有關王位繼承問題的部分觸犯禁忌，所以文章才臨時遭到撤除。

九月事件發生時，當時《紐約時報》在寫給泰國訂戶的信中表示，「本欄文章遭泰國印刷廠移除，因為我們在地承包的印刷廠，認為其中一篇文章過於敏感。此一決定是印刷廠獨自決定，與《紐約時報國際版》及編輯人員無關，也未經《紐約時報國際版》認可」。

「東方印刷公司」一名不願透露姓名的負責人稱，根據合約，印刷商有權拒絕印刷觸及不恰當題材的文章，但沒有詳細解釋抽稿原因。《紐約時報國際版》發言人墨菲（Eileen Murphy）則表示，「我們明白地方印刷商有時會面對壓力，但我們對報導遭到審查感到遺憾」。

除了新聞檢查之外，更令人畏懼的就是「冒犯君主罪」。這項全球絕無僅有的罪名，近十多年來也常遭批評，被指稱遭到政治濫用，成爲當權者壓制反對者的工具。

根據泰國刑法，任何人冒犯泰皇、皇室繼承人或攝政者都觸犯「冒犯君主罪」，一旦被控且罪名成立，每項罪名可被判坐牢十五年。

二〇一一年十一月，一位當年六十一歲、名爲安蓬．坦隆帕庫的泰國男子，就因涉嫌發送有辱泰皇的手機簡訊而遭法庭判刑二十年。坦隆帕庫被控於前一年五月「紅衫軍」示威最高潮時，發了四則簡訊給當時總理阿披實的私人秘書，內容涉及侮辱泰皇。

坦隆帕庫的案子並非特例，類似的案件發生過許多次，也有外籍人士因而被控、判罪，但都在判刑之後驅逐出境，不用坐牢。譬如二〇〇九年二月，泰皇特赦了澳洲作家尼古拉德斯。尼古拉德斯因爲在一本僅發行七本，罕爲人知的書中發表了侮辱泰國王室成員的言論而被判刑三年。

在泰國，有關皇室的事情一向都是禁忌，褻瀆皇室更屬重罪，任何人都有舉發的責任。幾年前，一位住在清邁的北歐人士酒後向泰皇肖像潑漆，結果遭判刑二十五年，但最後經泰皇赦免驅逐出境。「英國廣播公司（BBC）」駐曼谷特派員約納森．海德也曾因在曼谷「外國記者協會」一場討論會上擔任引言觸及皇室而被控告。

二〇〇七年時，泰國通過頗引起爭議的「電腦犯罪法案」，這個法案跟前述「冒犯君主罪」結合起來，威力大增，使得泰國人動輒得咎，也讓人質疑相關法令是否解釋過於寬廣，執行過於無度。

一名今年三十七歲、名爲蘇威查的男子不久前就因「冒犯君主罪」被判十年徒刑，蘇威查本人及家屬在法庭宣判後當庭痛哭失聲。蘇威查是三個孩子的父親，被捕後就關在牢中，法庭也不准他交保。蘇威查說，「我的家庭怎麼能沒有我，我需要幫助」。

法庭在宣判時指出，蘇威查在電腦上修改泰皇和家人的照片並發表在網路上。法庭並沒有說明他如何修改照片也沒有指出照片發表的網站，不過當地媒體報導說是YouTube。

在泰國，任何「冒犯君主罪」的內容都不會獲得媒體報導，因爲一旦報導，媒體本身就會觸犯「冒犯君主罪」。

蘇威查的案件是首度有人因爲以前述法案爲基礎的「冒犯君主罪」遭判刑。當時批評者就表示，「電腦犯罪法案」會對線上政治討論造成衝擊。刑事法庭是因爲蘇威查認罪，才將原本二十年的徒刑減爲十年。

浦美蓬在人民的心目中有如「神」，長久以來，沒有任何人敢做任何批評。但自從前總理塔信於二〇〇六年遭政變推翻後造成「黃」、「紅」對立，「紅衫軍」普遍認爲皇室並未中立，泰國這個「不批評王室」的傳統因而產生了微妙的變化，特別是網路愈來愈普及，有很多批評都出現在網路上。

泰國政府爲了維護泰皇和王室形象，二〇一〇年成立了專職的「戰情室」全面監控網路，同時封鎖涉及「誹謗王室」的網頁，五年之中至少封掉七萬個網頁。

這個專門打擊網上針對浦美蓬及王室誹謗言論的「戰情室」，由泰國資訊科技犯罪辦公室主持。其負責人蘇拉對《紐約時報》表示，他手下共有十名電腦專家執行任務，他們在政府大樓的密閉房間中，不斷將攻擊泰皇及王室的圖片、文章刪除。他說，「我們的每項封鎖行動都是經法院同意後才執行，法院從未拒絕過我們的申請」。

近些年，泰國政局動盪不安，很多人都相信一向標榜超越政治之外的皇室實際上在政爭中扮演了一定角色，有愈來愈多的網站貼出有關皇室的「秘辛」傳聞，尤其支持前總理塔信的「紅衫軍」認定「黃衫軍」有皇室的支持，甚至在廣播 Call in 節目中，直接以大家都知道何所指的稱謂攻擊皇室及樞密院成員。

在泰國長大的僑領陳先生就指出，「這是從來沒有過的現象，泰國皇室的威信正面臨著前所未有的嚴峻挑戰」。

泰國皇室的議題究竟敏感到什麼程度呢？

我的一位好友就說過他的親身經歷。有次他搭乘曼谷公車，車掌找錢時，他不愼把一個五十分的硬幣掉在地上。他心想也不過就是五十分，一時懶得去撿。

哪裡知道車掌發現他無意拾起那枚硬幣，竟突然大喝，「你爲什麼不把錢撿起來！」他當時嚇了一跳，馬上醒悟一定是由於硬幣上有泰皇肖像的緣故。但是已經來不及了，車上的其他乘客也鬨然開始你一嘴、我一舌地指責他，車掌甚至高聲詢問車上有無警察。嚇得魂飛魄散的朋友，等不及到站就跳下車，趕緊攔輛計程車逃之夭夭，「我下車之後，還聽到車上的人在喊警察來抓我」。

他算是逃得快，否則警察眞的來了，還眞有得解釋，解釋不好的話，就很有可能被送上法庭，面對「冒犯君主罪」的指控。

另一位和泰國警方關係良好的朋友也表示，有次一位泰國警方高官告訴他，泰國皇家有特警單位，「這些警察都在中國受訓，聽得懂中文，而且都是便衣，你在外面不要隨便亂說話」。

在泰國，不能批評皇室是常識，因爲不僅僅是執法單位，全泰國愛戴泰皇的百姓，都在自動自發地負起「保衛王室」的責任。

泰皇雖然備受尊重，但泰國還是有一批人反對君主制。曾因公開談論泰皇而被提控和逮捕的學者素拉就指出，「你把君主制弄得愈神聖，它就會變得更不可信和超越常理」。

在泰國被栽贓

有一陣子，網路瘋傳旅客在泰國首都曼谷機場被航警或海關人員用毒品栽贓，然後進行訛詐鉅款的事。由於所傳的電子信件有名有姓，署名的還是旅行社的領隊，引起很多計畫到泰國旅遊者的恐慌。

我由於被很多人當作「老泰國」，所以也曾多次被人問起前述事件的眞僞。

老實說，我不知道。我自己的經驗是從未碰過，也未聽過，但是也不敢說百分之百沒有，只能說就算有，也是極少、極少的例外。

泰國是區域內的旅遊大國，每年入境的旅客數以千萬計，如果前述事情是種常態，誰還敢來？

然而在我的記者生涯中，確實碰到很多人跟我說毒品栽贓的事，而這些人，幾乎都是關在監獄裡的囚犯。

老友「台灣法治促進會」會長張學海，長年努力推動台、泰雙方換囚，每逢年過節都會到泰國來探望關在獄中的台灣籍囚犯，送上溫暖並聽取他們在獄中的委屈。我也跟他去過幾次。

關在泰國監獄裡的台灣籍囚犯，很多都是因爲販毒、運毒罪繫獄，也幾乎每一個人都喊冤，都說得出來形形色色被栽贓的故事。可是我從來沒有眞正信過。

我還記得幾年前有位台籍囚犯因獄中表現良好，能夠折抵刑期而提前出獄，台灣方面當時還有點故意混淆地把他當作是第一個提前假釋案例而大作文章。

這位犯人也在記者會上喊冤，說是當年被人栽贓，坐牢很冤枉。

隔了幾天張學海帶他逛夜市，到我的店裡坐了一會兒，還買了我的一本書。

不到兩天，他就掛電話給我，詢問我書中所提製作假身分證件的地方在哪裡？我腦中閃現的第一個念頭就是，「幹嘛？又要爲非作歹啦？」

其實栽贓的事情並不是沒有，但很多時候是自己有犯意，才有機會被人栽贓。

比較有名的案例，是一位名叫亞歷山大．克瑞比的南非人。他因爲運送一點二公斤的海洛因，先被判死刑後減爲無期徒刑，被關押在曼谷近郊惡名昭彰的班寬監獄裡十八年，後來因泰皇八十四歲壽辰特赦而出獄。

克瑞比將十八年的牢獄生活寫成一本名爲《龍與蝴蝶》的書，裡面就提到他是如何被設計。

克瑞比是在一九九四年四月到泰國進行爲期十天的旅遊。當年三十四歲的克瑞比本來就有毒癮，到曼谷之後很快就與當地毒販搭上線，也同意爲對方運毒回南非。結果他就在準備搭機離境時，在曼谷廊曼機場被航警攔截。他說，「航警表現得對我的行動一清二楚，直接抄截那只裝有毒品的行李」。

到今天爲止，克瑞比不知道當時究竟發生了什麼事。但是他判斷他是被毒販出賣了，「我認爲他們另外有一批更大的貨要闖關，所以就通報航警我是毒騾子（Drug Mule），航警及海關抓到我，忙著處理我，那批大貨就順利出關了」。

聽起來很詭異，是不是？但很可能是事實。

曼谷由於位居交通樞紐，簽證方面也因爲鼓勵旅遊而相對寬鬆，一直以來是東南亞毒販活躍的地方，毒販也以亞洲人爲主，但近年來卻已經開始轉變，非洲毒販愈來愈活躍，而且他們的手法迥異，是引誘貧苦的泰國女子成婚，然後利用她們作爲運毒的「毒驢」，一旦失風被捕，就棄之如敝屣。

根據泰國「特別調查局」的資料，非洲毒販多來自奈及利亞、馬利等國，自成一個嚴密的集團。毒販入境後，就分散各地開設小酒館或咖啡店，僞裝成做正當生意的小商人。同時，他們也積極尋找當地貧苦婦女，與之成婚，過了一段「幸福」的日子之後，就開始把妻子當「毒驢」。做法有兩種：一是帶泰籍妻子出國旅遊，目的地多是中國廣東，旅程結束後找個藉口讓妻子先行返泰，重點是要妻子帶些暗藏毒品的行李回去。

不知情的泰籍妻子感念丈夫攜同出遊，通常都不會起疑，如果順利闖關回泰國，那就還有繼續「出國旅遊」的機會，但也有些不幸在廣州機場就失風被捕，流落異國坐牢甚至面臨死刑判決。這些「毒驢」被捕後百口莫辯，「丈夫」當然也就自此「人間蒸發」。

另一種做法是非洲毒販把「妻子」帶回家鄉，讓她嘗盡生活上的苦甚至經常故意毆打辱罵，使得泰籍妻子生起「不如歸去」的念頭，這時，非洲「丈夫」就故作好意放行，還讓她順便帶些「禮物」給曼谷友人。其實這些「禮物」都是毒品，「友人」則是在曼谷操作的同夥。

非洲毒販的手法也經常變換，有一陣子，馬來西亞逮獲的非洲毒販多是以學生身分爲掩護，他們入學後就在學校裡狂追女友，交往一陣子就利用女友作爲「毒驢」。

非洲毒販爲了不引起緝毒人員起疑，在幫「毒驢」訂機票時，除了曼谷之外，還會刻意增加續程目的地。

泰國境內緬甸難民、移民工的悲歌

緬甸國務資政兼外交部長翁山蘇姬（Aung San Suu Kyi）二〇一六年六月二十三日對泰國做了為期三天的正式訪問。這是翁山蘇姬當年四月間就任後的首次外訪，選擇泰國，固然是因為泰國緊鄰緬甸，雙方往來本就頻繁，但更大的原因是，泰國收容了超過十萬的緬甸難民，以及超過三百萬的合法、非法緬甸移民工，這些難民、移民工以及他們還留在緬甸境內的家人、親屬，都是翁山蘇姬所領導「全國民主聯盟」（全民盟）的堅定支持者，也是「全民盟」在上次大選中大獲全勝的主要支持力量。

因此，改善緬甸移民工在泰國所受待遇，以及最終目的是讓難民、移民工回國，同心協力創建新的國家，就成為翁山蘇姬此次訪問的重點之一。事實上，她到訪泰國首日隨即造訪泰國龍仔厝府（Samut Sakhon）瑪哈猜（Mahachai）魚市，傾聽當地緬甸移工的心聲。

泰國當時正值雨季，但當天數以千計的工人無視大雨傾盆，群集歡迎他們心目中的「媽媽」，在四十五分鐘的過程中，翁山蘇姬保證會與泰方簽署相關協議，讓緬甸工人往後可以更順利的取得在泰國的工作權，「我們要確保所有在泰國的緬甸人，都能享有基本權益，在法律上不受任何歧視待遇」。

翁山蘇姬表示，更重要的是，緬甸新政府將致力於創造工作機會，好讓流落在外的緬甸人可以「回家」。目前泰國境內的合法、非法緬甸移民工，不僅工作環境差、薪資低，更遭受雇主、警察嚴重剝削。

另一方面，泰緬雙方亦宣布將協助遣送因邊界戰爭逃到泰國避難的緬甸民眾回國。目前有超過十萬名難民因躲避戰爭而流離失所，搭著帳篷住在泰緬邊界數年、甚至數十年。

泰國不是一九五一年聯合國難民公約締約方，所以一直避免將他們稱為「難民」，聯合國難民署也無法直接介入相關援助事務。翁山蘇姬表示，希望所有流離失所的民眾可以回到緬甸，這些民眾應有權學習新的工作技能，更希望他們可以靠自己的力量生活。

泰國總理巴育則指出，他和翁山蘇姬都認為泰國私人業界和緬甸客工高度相互依賴，泰國政府將推動實質計畫照顧緬甸客工，例如設立客工投訴熱線以及在十個府開設客工一站式服務中心。

緬甸勞工在泰國只能靠出賣勞力勉強餬口，建築業、製衣業、漁業和農業這些最底層行業及最艱苦的工作多由他們承擔。

英文泰國《民族報》訪問了一位來自緬甸、名爲「昂」的二十三歲克倫族青年，他和另外五名緬甸籍服務員在曼谷一個熟食檔工作，都是非法外勞。

根據《民族報》報導，昂每天的工作時間長達十五小時，從上午十時至午夜一時，即使有休閒時間，他也鮮少出外，「我通常待在老闆的家，不敢外出」。最主要的原因就是因爲「非法外勞」的身分，一般雇主基本上也都不允許他們外出，以免添增麻煩。

昂當年是先偷渡到泰北邊陲小鎮湄索（Mae Sot），既沒護照也沒工作准證。他的第一位雇主因爲嫌申請准證手續繁瑣，所以沒給他辦證。直到第三位雇主，昂終於辦了工作准證，不過當他辭工時，准證也隨之失效，他目前又是以非法勞工的身分在熟食檔工作。目前聘用昂的熟食攤主也是非法營業，所以當然不敢給員工申請工作准證。他只能通過賄賂官員，希望稽查員不會上門抓非法客工。

這名攤主說，「現在有八名警察和其他相關官員向我收賄。他們每個人每月按人頭收至少五百泰銖，我總共要付大約兩萬泰銖。我別無選擇，只能交錢」。

也有在泰國的緬甸人選擇「自行創業」，可是景況也好不到哪裡去。今年三十三歲的貌茂就租了個路邊攤，晚上開檔賣蔬菜和檳榔，她這麼做其實是違法的，因爲根據泰國條例，經營路邊攤是保留給當地人的三十九種工作之一。

貌茂對《民族報》記者表示，最先她被「罰款」兩萬五千泰銖以換取「工作保障」，之後又有三組不同的警察向她索取每月三千泰銖的賄金，「民工想在這裡討個好生活的夢想是很難實現的」。爲避免當地人的工作機會被外人搶走，泰國當局限定來自緬甸、柬埔寨、老撾（寮國）和越南的外勞只能從事非技能勞作或當家中幫傭。

受過較高教育的泰國人不願從事的工作愈來愈多，需要客工來塡補，例如零售攤販、餐館廚師和侍應生、理髮師和磚瓦匠都是現代泰國人不願從事的工作。一般均將此類工作稱爲骯髒、危險、粗重且勞動尊嚴低落的四D工作（dirty, dangerous, difficult, and demeaning）。

泰緬邊境上有許多紡織、成衣工廠，雇用的都是來自緬甸的移工。光在湄索一帶，就有高達五十萬名緬甸移工。

許多小型針織工廠、倉庫、工廠宿舍都隱身在稻田、叢林中，就是防備警察查緝，但也正因爲如此，移民工等同住在集中營裡。

即便如此，這麼多年來，緬甸人還是千方百計、歷盡辛苦進入泰國，因爲就算是辛苦，比起在緬甸，還是好些。

泰國是變性人天堂

全球經濟不景氣對倚賴旅遊業甚殷的泰國打擊頗大，許多行業都叫苦連天，可是其中卻有個異數，就是泰國遠近馳名的整容、變性手術業。

在泰國，變性手術有個滿學術的名稱，叫做「性別重新安置手術」（Gender Reassignment Surgery），首都曼谷就有多家醫院及診所提供這類服務，但是最出名的莫過於有「變性教父」之稱披里查醫生所主持的「披里查美學研究院」（Preechaq Aesthetic Institute）。

披里查醫生之所以出名，正是由於他是首屈一指的變性手術專家，近三十年以來，經過他親自操刀的變性手術已經超過兩千五百例，放眼全球都無出其右者，他二〇〇六年在曼谷ＢＮＨ醫院七樓所創立的「披里查美學研究院」更是變性手術的「麥加」，全球前來的病人絡繹於途，很多時候，披里查每天要爲兩、三位病人動變性手術。

披里查有次對《曼谷郵報》表示，由於泰國本身政治不穩定，再加上全球經濟危機，泰國很多行業都在咬牙度日，但是「性別重新安置」這一行業似乎卻不受影響，每年一樣有三至四千外國人到泰國來尋求整容或變性。

那麼，爲什麼有那麼多人要到泰國來進行整容、變性手術呢？

披里查不諱言最主要的原因就是泰國的手術費用非常低廉。譬如「性別重新安置手術」在泰國大約是二十七萬五千泰銖（八千六百美元），在美國就要五十一萬到一百二十萬泰銖之間（一萬六千到三萬六千美元）。

當然，泰國變性手術之所以出名，不僅僅是因爲價格廉宜而已，其手術之專業也甚有口碑。披里查說，「我們從未做任何推廣宣傳，幾乎都是靠口耳相傳，另外，泰國巡迴各國的『人妖秀』顯然也收到了很大的宣傳效果」。

披里查也指出，現在泰國的變性手術在技術上精進，是全世界唯一能做到術後同樣能享受性交樂趣，這一點，也讓許多人趨之若鶩跑來泰國做變性手術。

泰國也面臨來自印度、新加坡、南韓的競爭。不過披里查倒不特別擔心，他認爲印度的手術費用固然便宜，大約比泰國少百分之五十，但是手術的設備、品質都比較差；新加坡的優勢是手術品質有一定水準，然而價格卻比泰國貴了百分之五十；南韓一向被認爲是區域內的變性、整容中心，但是價格有時是泰國的好幾倍。

披里查表示，譬如說隆鼻手術，泰國這邊僅需一萬五千至兩萬泰銖，南韓卻可高達十萬泰銖；雙眼皮手術，泰國還是一萬五千泰銖，南韓則是五萬至十萬泰銖。他說，「其實有很多韓國人還專程到泰國來動手術呢，因爲他們在自己的國家負擔不起」。

披里查指出，以他的診所爲例，百分之六十的客人來自美國，澳洲占百分之二十，義大利百分之十，其他則來自新加坡、南韓、日本等地，不過近年來，中東地區的客人有愈來愈多的趨勢。客人之中，以女性占了百分之八十，男性客人裡，十個裡面有一位會要求變性手術。

前來「披里查美學研究院」求診的客人來自全球各地，研究院走廊的世界地圖上插滿了標誌，台灣也赫然在目。那麼，究竟有多少台灣的客人前來求診呢？

披里查表示，來自台灣的客人相當多，平均每星期至少有一位，分別來做眼部、鼻子、胸部以及變性。他說，「每年，大約會有十至十五名台灣人來做變性手術，我不能透露他們的身分，只能告訴你其中不乏有社會地位的專業人士」。

泰國應該是亞洲地區對同性戀、人妖、變性人接受度最高的國家，不論大街小巷都經常可以見到他（她）們的身影，甚至於高檔購物中心、百貨公司的專櫃，很多售貨員都是身材相對高壯，卻留著長髮、完全是女性打扮、被稱做「卡堆」（Katoey）的「人妖」。

我剛到曼谷時住的地方緊鄰羅敏成百貨公司，平時出入經常通過百貨公司抄捷徑，裡面好幾個專櫃的服務員都是「人妖」，其中一位長得很像台灣搖滾明星「伍佰」，每次見到我都跟旁邊的人交頭接耳，然後露出曖昧的微笑。

還有一位在現已經關閉的曼谷雙龍夜市工作的年輕人，平時穿的是男裝，但是塗口紅、眼影，每次見到我都側身半蹲，雙手扶在右腰，行那種嬌滴滴的古禮跟我問好。

我還認識一位開設服裝店的泰國婦人，熟了之後才知道常常到店裡的兩個「女兒」原來是「兒子」，這兩位兒子一天到晚吵著要變性，但是她的服裝店生意又不好，實在沒有餘錢，每次提起就流淚。

的確，許多泰國「人妖」都對自己還有「那根東西」耿耿於懷，始終認爲自己是「被關在男人軀體裡的女人」，因此亟思能夠「去勢」達到眞正的「解放」。

許多「人妖」努力工作、存錢，也都是爲了有朝一日能夠完成變性手術。

幾年前，「泰國轉變女人協會」發起名爲「姊妹之手」的計畫，每年提供五個名額，讓「人妖」免費進行變性手術，結果引起相當迴響。

「泰國轉變女人協會」主席、本身也是變性人的尤娜達表示，他成立協會的目的，就是盡一切可能來協助變性人改善她們的生活品質。「姊妹之手」則是第一個由民間團體所發動、提供免費變性手術的計畫，「最主要的原因就是，變性手術在泰國並不包括在醫療照顧裡」。

尤娜達也指出，所有的申請人都必須通過心理及內分泌醫生評估，也必須至少先過一整年「女人的生活」，才能確認是否眞的適合做變性手術。

二〇一一年初，泰國一家名爲「P.C. Air」的新航空公司一口氣雇用了三名包括二〇〇七年「蒂凡內小姐」（Miss Tiffany）譚雅娜在內的變性人擔任空服員。

「P.C. Air」將這些變性人空中小姐定性爲「第三性」，正式開始服務之後，也都配上「第三性」的識別牌，以避免通行機場移民關產生困擾。該公司執行總裁彼得．尙恩表示，「本公司認爲變性人很有擔任空服員的潛力」。當年二十三歲的譚雅娜表示，她非常高興能有這個機會做她一直想做的工作，「我起先以爲他們（航空公司）也跟別的地方一樣，只是接受申請表做做樣子，並不會眞的雇用我們」。「蒂凡內小姐」是泰國最著名的變性人選美大會，每年在距曼谷兩小時車程的海濱度假勝地芭提亞舉行，均會吸引大批遊客。

另一位獲得雇用的變性人潘塔侃則表示，他曾經去應徵過另家航空公司，但並未獲得錄用，後來在那家公司任職的朋友告訴他，他之所以未獲錄取，就是因爲「變性人」的身分。

潘塔侃擁有卡色薩大學的旅館暨旅遊學位，他表示很樂於見到泰國社會給予變性人更多的機會。

泰國爲了不讓變性人覺得受辱，該國國防部在徵兵時用「第二類」、「第三類」來稱呼變性人，而不是沿用過去的「心理異常」（Psychological Abnormality）或「性別認同障礙」（Gender Identity Disorder），以免讓對方覺得被冒犯。

「第二類」指的是已經進行了隆胸的男人，「第三類」是已完全變性爲女人的男人，而「第一類」則指的是「外表看起來是典型男人」的男人。

泰國軍方本來是計畫用「性別認同障礙」來取代「心理異常」，但是人權組織積極反對任何暗示「不正常」的名稱，軍方於是決定用前述不帶暗示意味的字眼。

在泰國，變性人一般不須被徵召入伍。該國陸軍後備司令部學術資源師師長戴克新上校指出，但是如果「第一類」的人數不夠，就必須徵召「第二類」。「第二類」以及「第三類」也必須連續三年到徵兵處報到，然後才能永遠解除徵集令。

說起變性跟美容，我以前有位泰國女友，每次沖完涼推門出來，都會嚇我一跳。因爲她的臉上撲滿痱子粉，很像巴布亞．紐幾內亞深山中那種臉上塗粉彩的土人，但是痱子粉是白色，就更像國產片裡的殭屍。

我問她幹嘛要把臉塗成這樣？痱子粉不是應該抹在身上嗎？

她很理直氣壯地說，這樣皮膚會變白，「我不喜歡我的皮膚，太黑了」。

愛美，是女人的天性。就像緬甸的女人也喜歡抹坦那卡粉漿，但是爲了美白，卻把一張臉從早到晚弄得像印地安人一樣花花的。這是我想不通的事。

泰國女人崇拜白皮膚，不是新聞。她們也很羨慕北部清邁府的女同胞。最主要的原因就是，那邊的女人皮膚較白。

有個現象其實很有意思。

泰國有許多來此退休常住的外國人，他們幾乎人人都有泰國女友、老婆，而這些女人也幾乎是一個比一個黑，一個比一個醜，都是矮冬瓜、塌鼻子、小眼睛、厚嘴唇。

我研究了很久，也實際採訪過，發現這些外國人是眞心認爲所找到的對象是絕色美人。因爲他們在自己國家每天看到的都是白皮膚、高個子、大眼睛、挺鼻子的美女，早就厭煩啦。

所以，美的標準沒有絕對，還得看環境。

以此觀之，泰國女人追求美、白，誰曰不宜？而且膚色確實與一個人的機運、成功與否乃至於社會地位，有極其微妙的關係。

只不過，現在似乎有點過頭了。

因爲除了充斥市場的各種包括臉部、身體、腋下美白霜、藥丸之外，一個名爲「Lactacyd 私密美白」的陰道美白沖洗劑，已經開始大舉進軍泰國市場，而且來勢洶洶，

Lactacyd 私密美白廣告。

不僅街道上隨處可見廣告海報，電視上、廣播節目、網路上的廣告更是排山倒海。廣告中強調，「只要四星期，就會變得更白」。

廣告上美麗的模特兒穿著緊身褲，搖曳生姿走向鏡頭，口中說著，「每個人都希望自己看起來漂亮，但是緊身褲會讓妳的皮膚變暗」。然後在鏡頭進行小褲頭特寫時，廣告詞說道，「『Lactacyd 私密美白』

可以讓『那個部位』的皮膚變爲更光亮、透明」。

「Lactacyd」最初是在印度上市，當時的廣告詞暗示較白的陰部，可以讓女人對男人更有吸引力，結果引起一片譁然。

在泰國，美白風潮也受到不同程度的批評。批評者指稱美白產品改變了泰國人的價值觀，「美」的定義也被化妝品工業挾持，無法達到化妝品生產者或廣告業者設下標準的泰國女人，很有可能就因此失去自尊。

不過這些批評，顯然無法阻擋「Lactacyd 私密美白」所造成的潮流。

曼谷春色無邊

泰國應該是東南亞國家中性產業最發達的國家，許多外國遊客特別是來自歐洲、美國、日本，到泰國的目地就是性旅遊。在曼谷街頭，隨時、隨處可見歐美遊客手挽泰國妙齡女郎。

今年四十三歲，住在班考連的洛曲就說，她曾經加入一個約會網路，結果發現幾乎每一個外國人都是在找上床的對象，原因就是他們根本把泰國女人全都當作「性工作者」。她說，「我也不怪那些女性同胞，她們也是爲了生活」。

根據非正式統計，泰國全國從事性工作者恐怕有三、五十萬人。

不過比較鮮有人知的是，泰國也有專門服務女性尋芳客的賣春男。

曼谷著名「紅燈區」帕蓬就有一條短街，兩旁全是「Go Go 少年」酒吧。街口上的廣告牌就是穿著清涼的俊美少年，酒吧裡面通常有個中央舞台，台上一些僅著白色貼身內褲的「Go Go 少年」搔首弄姿，極盡挑逗之能事。

顧客上門後，立刻就有服務生來要求點飲料，這是酒吧的主要收入來源。台上的「Go Go 少年」一曲舞罷，下台後也會到看對眼的顧客桌前搭訕，這時，服務生又會要求顧客買飲料請「Go Go 少年」喝。酒吧抽四十泰銖，其他就歸「Go Go 少年」。「Go Go 少年」收入平均每晚兩、三千泰銖，好的時候四、五千也不稀奇。

多數女客當然不是只來「喝飲料」，那麼，就要付給酒吧約四、五百泰銖的出場費，進一步的（性）交易費就是顧客跟「Go Go 少年」之間的事了，通常是一千五到三千泰銖不等。

只是，「Go Go 少年」巷內的經營方式過於直接，有時讓人倒胃口。譬如「Go Go 少年」在台上表演或到顧客桌前跳舞時，有的竟然全身光溜溜，只在性器官上戴著一個保險套展現「工具」。

其實，曼谷另外還有頗高級、專門針對女客的場所。這些場所通常不招搖，只靠口碑或特定宣傳管道，在其中工作的男性一般水準較高，不少還是在學的大學生，消費水準則較「Go Go 少年」巷要高出至少三成。

光顧這些場所的主要是來自新加坡、韓國、特別是日本的女性觀光客。其他還有西方女性遊客，而泰國本地客也不少，通常是收入較高的職業婦女或聲色場所的女性，在下班後找尋慰藉。

一些服務較貼心的牛郎，甚至會有芳心大悅的女客包養，幫忙買車、買房，每個月有固定的生活費呢。

至於男性尋芳客，那眞是到處逢源，除了前述的帕蓬之外，可以去的地方眞是數不清，只要你看起來是外國人，自然會有人跟你搭訕，介紹你去各種如澡堂、按摩院等淫窟。但是很多外國尋芳客到曼谷是有特殊需求的，譬如有戀童癖者，這就要靠一點門路。

曼谷市內外國人聚居的蘇孔維路一帶，有爲數可觀的攤商當街擺賣兒童色情影碟，引起當地居民抱怨，管區警員雖然每天巡邏如故，但是卻對非法販售色情影碟的攤商視若無睹。原因無他，兒童色情在泰國有市場。

泰國究竟有多少童妓並無確定統計數字，但泰國衛生部系統研究所報告指稱童妓占泰國所有賣淫者的百分之四十上下，不可謂不可觀。

但更令人痛心的是童妓的成因主要是由於貧窮，許多歐、美戀童癖正是因爲如此才紛紛前來「價廉物美」的泰國，其中還不乏赫赫有名之士。

全球知名的俄羅斯指揮家普雷特涅夫（Mikhail Pletnev），就在泰國海濱度假勝地芭提雅被捕，並被控強暴一名十四歲泰國男童；曾任高級外交官的澳洲男子史考伯（Robert Michael Scoble）在曼谷被捕並以戀童癖被起訴；若干年前，年已九十的澳洲人克勞斯（Karl Kraus）因性侵七到十五歲的泰國女孩而在清邁被捕，成爲年紀最大的性罪犯。

前述這幾個人的相同之處是都在泰國有住家，被捕時不是房間裡同時養著好幾名幼童，就是電腦檔案裡顯示出來和許多幼童都有性關係。另外一個共通點就是，一旦出事以後，大多數的情況下都可以花錢擺平，或者改爲較輕罪名、較輕刑期甚至遞解出境了事。

二〇〇八年，著名英國搖滾明星蓋瑞．葛里特（Gary Glitter）因在越南性侵女童被捕，結果花了一些錢之後，從死刑罪的「強姦幼童罪」改爲「猥褻罪」，坐牢九個月後就重獲自由。

這些人的「遭遇」，更加鼓勵了愈來愈多的戀童癖跑到泰國來從事「色情旅遊」。在這種情況下，想要根絕兒童色情無異於癡人說夢。

根據「美國有線電視新聞網」（CNN）報導，二〇〇九年間，泰國共發生兩千八百餘起性侵十五歲以下兒童的案件。以此觀之，兒童色情影碟大行其道，也不足爲奇了。

泰國的雛妓問題，又以東北部最嚴重。

泰國東北部向來是泰國境內較爲貧窮的地區，人民生活相對困難，泰國「兒童保護基金會」發現，賣春的年齡從小學五、六年級到初中生不等，但更令人擔憂的是，不但買春客不在乎，這些未成年少女的家長，面對女兒墜入風塵的事實，也抱持著十分消極的態度。

「保護兒童基金會」秘書長辛塔威猜表示，東北部的瑪哈沙拉坎、烏東他尼、孔敬幾個府的未成年少女賣春問題最爲嚴重。他指出，該基金會接獲瑪哈沙拉坎府一個村子的居民申訴，許多村子的年輕女孩被誘賣淫，基金會也發現許多小學和中學少女賣春，而許多不足十五歲的少女就進入性產業，讓他十分震驚。

更讓他憂心的是，不但這些少女的家長不關心自己的小孩，這些已經開始賣春的少女還會說服自己的朋友加入行列。辛塔威猜指出，多數女孩進入性交易產業是爲了賺錢買化妝品、衣服、手機和流行物品。

「兒童保護基金會」曾經救出一名十二歲的少女，就是被親戚鼓勵賣淫的個案之一，其他女孩則是在朋友慫恿下開始性交易。

在一般人的觀念裡，從事性工作者都是一些受剝削、過著悲慘生活的人。因此各種組織都會想方設法救她們「出火坑」。

但泰國性工作者卻透過名爲「授權基金會」的組織表示，目前從事性交易已不像從前遭到剝削，所以外界以「反人口販運法」爲由來營救她們，反而會害了她們，讓她們生活發生問題，所以「拜託，別來救我們啦」。

「授權基金會」主任嬋塔批瓦指出，泰國性工作者的工作條件已不像過去一樣惡劣，也擺脫了過去受皮條客或媽媽桑控制的模式，多數是自主性工作，也有足以養家活口的收入。

她表示，多數人不知道性交易市場已經改變，現在性工作者遭受「反人口販運」執法的影響，反而更甚於受人蛇集團的剝削。她也指出，政府與相關機構對性工作者很多時候執法過當。

她說，現在的性工作者除了備有工作所需的化妝品、保險套外，還有智慧型手機，懂得運用網路，也幾乎都有相熟、可信賴的嘟嘟車或摩托車司機作爲運送工具，是標準的獨立「個體戶」，不受任何集團或其他個人的控制。這些性工作者在特定地方如餐廳、酒吧、按摩店、卡拉ＯＫ、泰國浴澡堂工作。

「授權基金會」報導中也引述幾位性工作者的話，指稱她們只是工作，爲何要被逮捕？也有人抱怨，有工作做不但可以養家也不必擔心債務問題，還能自由行動，但被逮捕後，不但債務纏身還要經常擔心受怕。

嬋塔批瓦說，政府把性工作者看成「受害者」的觀點已經過時，該基金會現在就致力讓政府與相關機構將人口販運與性工作者區分開來。

許多國際人權組織把泰國認定是娼妓人口販運猖獗的國家。其實，泰國的性工作者來自鄰國的確實不少，但絕大多數都是爲了賺錢而自願的，與人口販賣、逼良爲娼根本扯不上邊。

舉例來說，曼谷市內的匯權區是泰國浴室集中地。如所周知，泰國浴基本上就是色情行業，是明目張膽經營的非法妓院。不過有經驗的顧客都知道，不要在有重大節日或投票日去消費，因爲很多小姐都回鄉下或回國去了。當然，她們過完節或投票後，還是會回來上班的。

另外，除了大都會之外，這些年，泰國東北部較貧困的府，也出現愈來愈多的豪華色情場所，而在這些場所工作的小姐，很多都是來自於寮國（老撾）、緬甸或柬埔寨。很多到泰國尋春的識途老馬，現在都避開大都市，直奔這些偏遠的府。

一位來自德國的買春客就指出，泰國東北部的烏隆府（Udon Thani）以及周邊地區，現在已成爲歐洲色情旅遊客進出泰國的主要樞紐，特別是一些年紀較大的尋芳客，因爲當地有許多年幼的男孩、女孩可供選擇，「對他們來說，到東北地區尋歡，比在芭提雅這些地方安全多了，警察比較不會找麻煩」。

對性工作者提供援助的非政府組織表示，泰國的性工作者很容易被視作「受害者」，但實際上，她們都是出於自由意志來從事這種工作。

一位名叫「道」（Dao）、來自寮國的年輕女子就表示，她的家鄉有許多人到泰國工作，然後寄大筆錢回家改善家人生活，所以「我的母親也希望我到泰國賺錢」。

「道」在大約兩年前到泰國，先是在一家餐廳上班，後來在朋友的介紹下，成爲陪酒女郎。「道」對於「賣身」這方面不欲多言，只說「我不會拒絕任何賺錢的機會」。

另一位名爲「莎」（Sa）的女子則是在十六歲時就到泰國，多年以來，一直通過泰寮邊界的廊開府穿梭兩地。「莎」對《曼谷郵報》表示，她曾經多次遭到逮捕，並被遣返寮國，但每次也都幾乎是立刻又以「遊客」的身分回到泰國繼續工作，「被逮捕已經是家常便飯，反正隨時又可以穿過邊境回到泰國，我們根本無所謂」。

其實泰國的色情營業場所與警方掛鉤，根本不是秘密，警察爲了「業績」抓捕性工作者，也都是在雙方互相「體諒」或「配合」下爲之。譬如有次，曼谷警方大張旗鼓掃蕩匯權區的著名泰國浴室「那塔瑞」（Nataree），就是最好的例子。

其實匯權區內類似「那塔瑞」的泰國浴室不知凡幾，都是在光天化日之下營業。全曼谷，也好像只有警察不知道。「那塔瑞」遭掃蕩之後，警方起出帳冊，上面就列明多名接受鉅款賄賂的當地管區警察。

非政府組織成員恰恰拉萬（Chachalawan）就表示，很多時候，警察根本就懶得去掃蕩，而是掛電話給色情場所的經理，他們就會派出幾個小姐到警察局做筆錄、罰款交差。

留學菲律賓日益風行

到菲律賓留學？聽起來好像有點奇怪。

但是現在有愈來愈多年輕學生選擇到菲律賓就讀，最主要的原因就是「價廉物美」。

根據菲律賓移民局的資料，截至二〇一一年三月的學年度，菲國共有兩萬名持特別簽證的外國學生，這還不包括數以萬計、在菲國做短期進修的外國學生。

目前，全菲有超過兩千一百所私立或公立學校提供各式各樣的課程，菲國也有對外國學生甚為友善的移民管理政策，再加上良好的教育品質、英語教學以及課餘輕鬆閒適、消費便宜的生活形態，都對外國學生起了莫大的吸引力。

當然，在種種因素中，最吸引人的還是學費廉宜。

在菲律賓，頒發學位的四年大學課程，每年學費大約是美金一千至兩千五百元。同樣的課程，美國大學的收費高達三萬美元。

奈及利亞籍、今年二十二歲的醫科學生伊克丘伍，是位於馬尼拉、已有四百年歷史「聖托湯瑪斯大學」外籍學生會會長。他就指出到菲律賓留學的最主要原因，就是成本效益的考慮，另外則是英語教學。

伊克丘伍表示，他本來在奈國首都拉古斯學習藥理，擔任船運顧問的父親曾經特地到菲律賓考察學習環境，發現菲國普遍使用英語，才決定讓兒子前往就讀。

菲律賓早年受到美國殖民統治，美國傳教士到了之後，在全菲各地興學，打下了菲國人民普遍會使用英文的基礎。

菲國從一九八〇年代起，就有意識地開始招攬外國學生，到二〇〇〇年，菲國政府再接再厲，開始全力推動成爲「亞洲教育中心」，其中一個很重要的措施，就是簡化學生簽證申請。這個做法，也證明了確實有效。

菲國也與包括澳洲、美國、南韓、加拿大以及歐洲國家的大學建立起交換學生計畫。「聖托湯瑪斯大學」學生事務室主任伊芙林．頌可教授就指出，許多國家都認可菲律賓大學文憑，也使得國際間對菲國畢業生印象良好。

然而諷刺的是，菲國培養出眾多大學畢業生，但卻無法提供工作機會，以至於現在在世界各地打工的菲傭，很多都有大專畢業的學歷。

一般提到菲律賓人因為經濟因素而赴海外打工賺錢，立刻想到的就是遍布世界各地的菲律賓女傭，譬如新加坡的「幸運大廈」、香港的中環，一到星期假日，都擠滿了菲傭。

近幾年以來，也有愈來愈多的菲國高等人才開始出走，影響所及，甚至直接威脅到若干產業。譬如說不久前最震驚菲國的一件事，就是二十五名菲律賓國營航空公司的機師集體辭職，前往中東及亞洲其他國家擔任待遇高過本國甚多的機師。「菲律賓機師協會」主席艾爾莫皮尼亞對「法新社」表示，這些機師在外國可以獲得的薪水，至少是菲航所能提供的三倍以上，「完全沒得比」。

近些年菲國出走的高等人才，主要是科學家、工程師、醫生、訊息產業專家、會計師，乃至於教師。

一位名為巴里斯袞·強納的菲國土木工程師，幾年前到新加坡探望住在那邊的阿姨，發現新加坡的工作、居住環境跟菲律賓簡直是天地之別，於是立刻回國辭職，舉家遷到新加坡，他現在每月的薪水是一千六百美元，是留在菲國所能得到最高薪水的五倍。

根據菲國當局的資料，菲律賓現在有大約九百萬國民在外國工作，是菲律賓全國人口的十分之一，他們每年平均匯回國內的外匯高達一百七、八十億美元，超過菲國國內生產毛額的百分之十。

然而高等人才的出走，卻給菲國帶來相當的損失。譬如說前述的菲航機師出走，使得菲航本來寄望獲得的年度盈利成爲泡影，主要的原因就是機師突然短缺，迫使菲航不得不取消部分航班。

再如康頌颱風席捲菲國造成嚴重損失，菲國民眾對氣象局未能準確預測頗有批評，結果菲國氣象局提出的解釋竟是近年來先後有二十四名氣象員離職前往外國，使得該局氣象員人手不足所致。

菲國勞工部也曾經做過調查，發現有大量技術工作的缺額無法填補，就是因爲沒有足夠合格的人申請。菲國官方資料則顯示，申請出國工作的菲國人中百分之二十二是技術人員、經理級或事務級人員。

菲國經濟計畫部助理主任莫納亞松森指出，菲國當局也想盡辦法，希望能提高待遇及福利，「但是本地的工作待遇有一定的上升限制，否則就會傷及本地工業的競爭力」。

在這種兩難的處境下，菲國恐怕很難爲人才流失止血。

多采多姿的東南亞和尚

泰國最大佛寺法身寺（Wat Dhammakaya）榮譽住持法勝法師（Phra Dhammachayo）被指涉嫌洗錢、詐騙及侵占土地多項罪名，卻對警方連月以來的傳召問話置之不理。泰國總理巴育一怒之下，於二〇一七年二月十六日宣布動用如同戒嚴法的憲法第四十四條，接管法身寺。

泰國臨時憲法第四十四條規定，維和委員會主席巴育擁有下令阻止及鎮壓任何威脅公共和平秩序或國家安全行為的權力，賦予軍方在沒有拘捕令時可逮捕犯罪嫌疑人並置留七天，以排除一切危害國家安全及皇室制度和經濟發展的威脅。

由於臨時憲法第四十四條給予維和委員會主席幾乎毫無限制的權力，本身的解釋也異常寬鬆，容易成為當局打擊異己的利器，因此一直遭到民主人士批評。

泰國軍警封鎖法身寺後入寺搜索，但並未發現七十二歲的法勝法師蹤影。但在一間聲稱是法勝法師接受治療的病房發現躺 假人，執法人員更發現寺內有一條長達一公里半的秘密通道，因而懷疑法師早已藉此遁逃。

其實，泰國當局在二〇一六年六月就請得法勝法師的逮捕令，但卻無法將之逮捕歸案。當時的狀況也如出一轍，都是大批信徒趕來支援，阻礙執法。

法勝法師案始於一起信用合作社款項被侵吞案件。緣起於空盞信用合作社（Klong Chan）主席蘇帕猜．西蘇帕阿松於二〇一三年私自挪用合作社約一百一十億泰銖（約四億美元），並將其中近十二億泰銖捐贈法勝法師及法身寺。

蘇帕猜於二〇一五年被捕，並於二〇一六年三月在法庭承認侵吞相關款項，已遭判刑十六年。泰國特別案件調查廳則於同年三月底以涉嫌洗錢、收受贓款爲由，傳喚法勝法師配合調查。

法勝法師否認泰國特別案件調查廳對於其「洗錢」的相關指控，並稱從蘇帕猜處收到的捐助均用於寺廟日常開支，而且此前該寺僧侶已集資把錢還給空盞信用合作社。特別案件調查廳則認爲，即便如此，法勝法師也要接受傳喚，配合司法調查。

但法勝法師多次以事務繁忙、身體健康狀況不佳等理由避免與官員見面並要求延期。特別案件調查廳則認爲法勝法師刻意逃避傳喚，於二〇一六年四月二十六日向泰國刑事法院申請逮捕令。

同年六月十六日，泰國警方對法身寺進行突襲，企圖逮捕法勝法師，結果遭到數千名寺內僧人和信徒的阻撓，逮捕行動陷入僵局，最後不了了之。當時就有媒體分析，前述對法勝法師的指控背後有政治動機，指出法身寺與遭政變推翻的泰國前總理塔信及塔信的支持者「紅衫軍」聯繫緊密，因此對法身寺及其住持的圍剿行動，其實是針對「紅衫軍」及塔信派系的打擊。但法身寺的信徒否認法身寺與塔信的聯繫，他們指稱寺廟「吸引著泰國各界人士」。

事實上，由於法身寺信徒眾多，一直以來，法勝法師都是政治人物爭取巴結的對象，但是他從未公開選邊站。

法身寺位於曼谷北部約二十公里的巴吞他尼府，建成於上世紀七〇年代，是泰國最大、信徒最多的寺廟，也因信徒的慷慨捐贈而最為富裕。法身寺占地四百公頃，相當於五百五十個足球場的面積，擁有大量現代化設施，泰國不少地位顯赫的政商界人物均是法身寺的信徒，寺內經常舉辦動輒幾萬人甚至數十萬人參加的超級大型活動。與泰國其他大多數比較傳統和非正式的寺廟不同，法身寺更加講究信仰膜拜，鼓勵信徒強烈的忠誠。在當地不少泰國人眼中，法身寺屬於他們自己的世界，有自己特有的體系。

外觀上與泰國其他寺廟相較，法身寺顯得十分另類，其建築風格極具現代感，還曾於一九九八年獲頒國際ＡＳＡ建築設計獎。法身寺最具代表性的建築就是一座巨大的飛碟狀佛塔。

泰國當局在搜索寺院時，發現一個高壓室（延緩衰老儀器），內有一些高端醫用器材。法身寺一組醫生指稱，這些器材是用來治療法勝法師。有傳言稱，高壓室是用來給法勝進行「容顏年輕化」治療，讓他看起來比實際年紀年輕，不過法身寺發言人否認這個說法。

法身寺的佛像區有三十萬尊法身佛像，佛塔內還有七十萬尊法身佛。與佛像區連接的法身堂則是世界最大的禪堂，可容納三十萬人，是進行道德培訓，主辦法會與修行靜坐的場所。日常期間，每日平均都有三萬人參加靜修。

法身寺最引人側目的就是宣揚「捐的錢愈多，離天堂愈近」，也引起「斂財」的非議。

泰國當局一般都避免介入宗教事務，不過近年來多所佛寺爆出貪腐醜聞及僧人行為不檢，例如乘坐私人飛機出行、不守色戒、走私野生動物等，導致嚴加管控僧人的呼聲四起。目前，法身寺總共被控三百零八件刑事罪，法庭也下達了包括法勝在內八個人的逮捕令。

我從小在台灣長大，對於佛教僧侶的印象就是六根清淨、葷腥不沾。可是到了東南亞之後，這個「刻板印象」就徹底被顛覆了，以中南半島來說，除了越南之外，其他國家的和尚都不怎麼「清淨」，都滿「魯智深」。

有次到寮國古都鑾帕邦參觀當地最著名寺廟，正好他們在做整修，由於天氣炎熱，工作中的和尚袈裟半披，露出身上的刺青，很多嘴上還叼根菸。有回到柬埔寨吳哥窟，跑到旁邊一座寺廟借廁所，也是見到幾名和尚嘴上叼著菸，在院中一邊溻鞦韆一邊聊天。

泰國也一樣，常常可見到邊走邊吸菸的和尚。泰國高僧龍普坤最著名的造像，就是蹲在地上，手持土製大菸捲。

有人說佛教戒律並無「戒菸」這一項。話也許不錯，但出家人戒的是塵俗，一個形象不佳又對身體有害的小小塵世癖好都無法戒除？

其實，若干年前，泰國政府曾經發現和尚在電視弘法時，竟然一面抽菸、一面說法。泰國政府覺得這樣會教壞年輕人，所以下令他們戒菸，並揚言抓到要處以罰款，可是很多泰國和尚還是無法戒菸。

幾年前，泰國佛教界發生一起最令泰國人無法接受的事，北碧府蘇楠達威拉鑾寺的住持、日籍高僧三雄柴橋突然脫下僧袍、不告而別。當年六十一歲的三雄柴橋到泰國已有三十八年，有許多虔誠的追隨者，所以誰也沒料到他會突然出走。

結果謎底很快揭曉，原來他愛上了家財萬貫、當年五十二歲的女企業家素提拉・慕塔瑪拉，毅然決定不愛佛陀愛美人，而且兩人很快就在日本辦理結婚登記。

一時之間，素提拉成爲人人喊打的狐狸精，各種傳言滿天飛。流傳最廣的，就是她對三雄柴橋下藥，然後把他拐跑。很多泰國人簡直恨她入骨。

不過在沉寂了三個月之後，三雄柴橋偕同素提拉回到曼谷，接受第三頻道電視台訪問，破除了所有的謠傳。原來他是在出走的四個月前才認識素提拉，據他的描述，那是「一見鍾情」。當時素提拉受託幫他安排四處講道行程，讓他體認到素提拉的精明、細心、幹練，再加上素提拉美貌動人，不知不覺就陷入戀愛中。三雄柴橋說著還當場在電視鏡頭前親了素提拉一下。

這個舉動，讓他的追隨者大爲譁然，社交網路上立刻一片撻伐之聲，認爲三雄柴橋就算已經脫下僧袍，但畢竟曾是受人景仰的高僧，應該保持一定的莊重。

不過，對三雄柴橋來說，這些都不重要了。因爲他那次回泰國的另一個目的，是爲他寫的、有關爲何脫下僧袍的兩本書，去打書。

就在山雄柴橋的新聞鬧得如火如荼之際，有三名自稱是他的弟子的泰國和尚，跑到泰國駐葡萄牙大使館借住，結果把大使館弄得雞犬不寧，這三名和尚非但嫌爲他們準備的食物不夠可口，堅持要另外點餐，還要求安排遊覽，搞得大使館頭大如斗，又不敢拒絕。

另一件事則是三個僧侶戴墨鏡、坐在飛機頭等艙的照片被上載到社交網站，引起一片譁然。泰國和尚也基本葷腥不忌，經常魚、肉佐餐。

有次泰國反貪局接到密報，查獲四色菊府帕坎提寺住持龍普年坎擁有十個異常帳戶，每天進出的金額高達兩千萬，有涉及洗錢嫌疑。

另外，泰國寺廟裡同性戀的情況也不鮮見，尤其以東北方寺廟爲甚。這是因爲東北方居民一般對同性戀較容忍，因此孩子出現同性戀的傾向，較其他地區爲高，而一旦有這種現象時，家長能想到的最好做法，就是把孩子送到寺廟裡去「矯正」。

殊不知孩子一般不會因此而矯正過來，反而把同性戀風氣帶入本來就欠缺女性的寺院環境。再加上孩子的抗拒心理，經常故意把穿著袈裟塗著口紅微露雙肩的嬌滴滴照片上傳社交網站，益增泰國寺廟的綺情色彩。

另外就是，泰國人的家裡幾乎都供有佛像，而且他們拜佛已經到了有佛就拜的程度，所以家裡供的佛像一擺就是一排，少則三、五尊，多的十幾尊，也不算稀奇的事。

有位朋友遷居曼谷，逛街時發現了這個現象，興奮的立刻開了間古董佛像店。結果開張之後叫苦連天，因爲根本沒泰國人跟他買佛像。

原來泰國人認爲佛像是很莊重、神聖的象徵，不應該買賣，所以都是到廟裡「請」佛。這位朋友後來說，「難怪我每次去進貨，都碰到很多和尚也在進貨」。其實，泰國各地也曾陸續發生零星的和尚騙色、騙財，甚至於販毒的新聞。

東南亞國家裡，泰國、緬甸、寮國、柬埔寨、越南都是以佛教爲主要的宗教，其中又以前三者有較大比例的佛教人口，甚至被稱作「佛國」，外國觀光客到訪，參觀佛寺及各種宗教活動，就成爲一個主要的節目。

譬如說寮國古都鑾帕邦、緬甸舊都仰光以及佛塔林立的浦甘，去當地旅遊，導遊都會安排一大早去拍和尚化緣的鏡頭。

每天天濛濛亮的時候，寺廟內的和尚就結隊而出，穿著袈裟排成一長條，通常都有十幾二十名甚至更多，每人手上捧著一個化緣缽低著頭默默徐行，沿途接受信眾化緣，非常好看。很多的傑出攝影作品，也常常以這個畫面作題材。

不過泰國和尚化緣的方式卻與此不同，他們雖然也是清晨出動，但多數是化整爲零各自行動，通常都是出現在各地市場人多的地方，接受信眾化緣並當場爲信眾祈福。

也許正因爲是各自行動，少了同伴監督，再加上泰國人一生都要出家一次，短則兩、三星期，長則三、五個月，也有人在生活上碰到不順遂的事，選擇前往寺廟落髮暫時逃避或靜心。所以泰國寺廟中僧侶的素質並不整齊，結果就出現了弊端。有關僧侶騙財、騙色甚至吸毒、販毒的事件就時有所聞。

有次鬧出一座寺廟內兩個和尚打架事件，衝突的爭執點竟是化緣路線。原來該寺廟的化緣路線有一條「收入」比較好，每個月可以有好幾萬泰銖的進帳，兩人爲爭地盤而大打出手，鬧進警局。

殊不知其實和尚化緣只能接受食物，是不能收受現金的。

泰國南部普吉府宗教事務處主任察達巴威也指出，當地假和尚向外國遊客化緣騙錢問題愈來愈嚴重，除了泰國人裝扮成假和尚之外，甚至有來自柬埔寨的和尚專門守在旅遊景點化緣，這種行爲嚴重違反佛教清規及戒律，只是一般外國人並不了解。

按照戒律，和尚化緣不能接受金錢。

這些假和尚的最主要特徵，就是幾乎都在遊客眾多之處化緣，而且不要施捨的食物，只要現金，當地警方發現有異而把這些「和尚」帶回警署調查，才知道都是假和尚。

按照佛教戒律，和尚化緣行爲必須是大清早沿街行走化緣，對善信的施捨，除非是菸酒之類物品，應該來者不拒，但絕不能接受現金。因爲和尚化緣的目的是接受供養，而且由於過午不食，所以一般過了早上八時，街區就不應該出現和尚化緣。

因此如果是大白天站在一個固定位置等待化緣者，十之八九是假和尚。

泰國過去也發生很多次來自中國的和尚、尼姑化緣事件，他們的袈裟與泰國和尚有很大不同。同樣的，他們也都是站在鬧區接受金錢施捨。

東南亞乞丐

新加坡朋友帶孩子到曼谷來玩，她們很快就發現一個很特別的觀光項目——施捨。

因爲曼谷有很多乞丐，特別是在行人流量大的街道上。她們是來觀光，當然免不了帶她們去走這些地方，像暹羅中心、週末市場、唐人街，不時就會見到有人行乞，有的看起來是孤苦無依的老人，有的是缺手斷腿或雙眼失明的殘疾。

在週末市場摩肩接踵的人潮中，就有衣著襤褸的雙腿殘疾者，整個人趴在雨後泥濘地上，只用嘴頂著一個鋁盆艱苦爬行，眞的是讓人看了不忍。

朋友的小女兒何曾在新加坡見過這種場面，憐憫之心油然而生，不時把身上的零用錢掏出來，東給一點、西給一點，結果自己都忘了買東西。

第二天帶她們到著名的平價購物中心ＭＢＫ，才走出高架電車站，就見到懷中抱著孩子的婦人在樓梯口行乞，朋友的孩子見狀又要前往施捨，我悄悄拉住她說，「不可以」。

想是因爲前一天都沒有阻擋甚至鼓勵她施捨，所以她一臉惶惑地問道，「爲什麼？」

「因爲她們是假的。」

假的？乞丐也有假的！爲什麼有人願意假裝這麼低賤的身分來要錢？

看得出來她的心裡有很多疑問，但也不好意思當場解釋，於是把她們帶到稍遠的地方，用手指給她們，「妳看，妳看，妳看」。就在這個行人陸橋上及梯口的三個地方，都有同樣的婦人帶著孩子的乞丐。

跟她們解釋，這些乞丐都是同一模式，就是女人帶著孩子。但是這些人根本不是泰國人，基本上都是不法分子從緬甸、寮國、柬埔寨等更窮的鄰國拐帶而來，她們語言不通，無一技之長，只能乖乖地被不法分子控制，每天早上被運到遊客眾多的地點就開始行乞，一天大概可以乞得泰銖七到八百元，自己大概只能分得十分之一，其他都必須上繳。

我說，「妳看那孩子睡著了是吧？其實她們是給他吃了安眠藥，免得孩子東跑西跑不安分」。她們的眼睛睜得大大的，「你怎麼知道？」「新聞都報導很多次了。」「那，

曼谷市區有很多假乞丐。

警察爲什麼不抓？」

大哉問。警察爲什麼不抓？因爲不遠處就有警察。

其實我理解新加坡來的孩子不太能理解這種現象，但也只好直說，「泰國的警察只會要錢，幹不了什麼正事」。

東南亞國家裡，除了泰國之外，柬埔寨、越南、印尼的乞丐也不少。

柬埔寨的乞丐很多都是缺手斷腿，幾乎都是幾十年內戰造成的傷殘，金邊市中央商場因爲是觀光熱點，乞丐特別多，他們見到觀光客就一擁而上，很多還把上衣敞開，露出身上的傷疤，讓不想施捨的人頗有罪惡感。

近年來柬國北部暹粒市吳哥窟的旅遊愈來愈發達，暹粒市區於是也出現了很多乞丐。

越南的乞丐比較集中在胡志明市，也是在中央商場附近，多數是衣衫襤褸的老婦，她們會一直跟著觀光客，也會拉扯觀光客的衣服要求施捨。

印尼首都雅加達比較缺少徒步逛街的地方，因此乞丐都是守在路口，在車陣中向過往車輛要錢，也有很多小孩、年輕人抱著吉他亂彈一場，目的只是要錢而已。

一九九七年金融危機之後，有次去印尼採訪，雅加達一處很容易塞車的路段，竟然有至少二、三十位穿著伊斯蘭服的婦女帶著孩子，在路旁排成一排行乞，那個景象至今難忘。

有意思的是，東南亞最窮的國家如寮國、緬甸，倒是幾乎見不到乞丐。

菲律賓軍機不能飛，核電廠不發電

菲律賓外交部長羅薩里奧於二〇一一年十二月二十一日指稱，菲國已經請求美國免費提供至少一個中隊的二手 F-16 戰鬥機，以便加強軍力，保衛南中國海有爭議的島嶼。

菲國那段時間與中國在南海問題上時生齟齬，不但將南海更名爲宣示主權意味的「西菲律賓海」，並多次表示將仰仗美國在區域內的軍力，當時的美國國務卿希拉蕊也曾往訪菲律賓，同時宣稱將在南海爭執中支撐菲律賓。

羅薩里奧指出，菲方已將有關要求告之美方，美方初步反應「令人鼓舞」。但他沒有披露更多詳情。他說，他本人和國防部長蓋斯敏將在二〇一二年首季度赴美出席兩國戰略會談，屆時將討論前述美國向菲律賓提供 F-16 事宜。

菲律賓目前只有六架老舊戰機。羅薩里奧對媒體記者表示，「我們正在努力提高菲律賓武裝力量保衛領海的能力，我認爲我們在亞洲屬於軍力比較落後的國家」。

羅薩里奧算是實事求是。根據菲國空軍發言人米蓋爾．歐考爾的說法，該國空軍的軍機裡，有超過百分之七十五已經不適合飛行，因此嚴重妨礙了其保衛國家領空和領海的能力。

歐考爾不諱言菲國空軍已經陷入困境。菲國政府在二〇一二年曾發布一項審查結果，證實在空軍所擁有的三百九十三架飛機中，只有九十一架具有「完全執行任務的能力」。歐考爾表示，「我們（菲國）的上一次戰鬥機除役是在二〇〇五年」，他指的是五架於一九六五年從美國購買的 F-5 戰鬥機退出了空軍機群。

歐考爾也指出，擁有一萬七千人的空軍部隊僅有一架 C-5 軍事運輸機。他說，空軍目前依靠老舊、美國製造的 OV-10 飛機執行海域的巡邏任務，包括有領土爭議、由多個國家和地區宣稱擁有主權的南中國海地區。

菲國審計官則在所發布的報告中指出，菲國空軍裝備非常差勁，飛機也多數都老舊不堪，要承擔起保衛國家安全的任務，空軍部隊設備嚴重不足。

爲了加強對南中國海的巡航能力，菲國於二〇一一年從美國購得一艘退役的漢密爾頓（Hamilton）級巡邏艦，成爲菲律賓噸位最大的軍艦。美國也同意贈給菲方大型艦船、戰機等裝備，協助菲軍方修建監控設施。

另外，一九八四年時，菲律賓在距首都馬尼拉以北約一百公里的巴丹省，耗資二十三億美元建了一座核電廠，希望成為首個利用核能源的東南亞國家。然而核電廠竣工至今已三十三年，卻從來沒有發過一次電，反而成了當地獨特的旅遊景點。

當時核電廠落成後，菲國政府曾從美國引進大量的鈾，只差將燃料棒裝載至反應堆這最後一步就可以啓動核電廠了。

哪裡知道前蘇聯烏克蘭的車諾比核電廠反應堆在一九八六年發生爆炸，導致大量放射性物質洩漏，演變成史上最嚴重的核洩漏事故，巴丹核電廠也因此而被打入冷宮。

多年來，菲律賓核電倡導者一直積極向政府爭取啓動巴丹核電廠。然而就在啓動核電廠有些眉目的當兒，日本又在二〇一一年發生九級大地震，引發海嘯和福島核電站核洩漏事故，巴丹核電廠的解凍計畫再次告吹。

其實，巴丹核電廠無法啓用還有其他原因。一九八六年時，前往巴丹核電廠視察的國際檢查人員認為，巴丹核電廠不符合標準，安全水平也不達標，因為該核電廠建在一座火山附近，就坐落在地殼斷層上。

巴丹核電廠建好以後不但沒有帶來經濟效益，反而每天要耗費一萬多美元來維持。國家電力公司於是萌起將核電廠改為旅遊景點的念頭，希望旅遊收入能夠抵銷部分維持費。

這座建在海邊的核電站目前門票只要二十比索（約十二元台幣），由核電廠的職員充當導遊，帶領遊客四處參觀。現在生意愈來愈興旺，預約旅客已經排滿了幾個月。站在核電廠內的一座鋼橋上，遊客可以看到幾米外的反應堆和連塑料包裝都還未開啓的核燃料棒。反應堆旁是一條通道，遊客們可以從那裡走入控制中心，彷彿走過一條時間隧道回到將近三十年以前。

控制中心裡則擺放著模擬電話機、點陣打印機、和書桌一般大小的計算機等，這些現在已經過時的東西當年可是先進的設備。由於核電站從未啓用，顯示發電量的儀表指針仍指著「零」。

遊客參觀核電廠之餘，還可以去核電廠專屬海灘游泳、看海龜、品嘗燒烤等。

核電廠配套設施環境監測站如今也改建成酒店，可同時接待四十五名客人，一個可容納七人的房間每晚收費六十五美元。

輯三

傳奇人物

真性真情的哈比比

我是一九九八年從美國紐約調職新加坡，擔任台灣《中國時報》駐東南亞特派員，駐在新加坡的六年期間，採訪了多位東南亞國家領導人，包括新加坡內閣資政李光耀、東埔寨首相洪森、菲律賓總統艾斯特拉達、艾若育、東帝汶總統古斯毛…，但讓我留下最深刻印象的，卻是任期最短的印尼總統哈比比（Baharuddin Jusuf Habibie）。

哈比比是印尼第三任總統，任職期從一九九八年五月二十一日到一九九九年十月二十日，前後還不及一年半。

一九九九年二月赴印尼總統府專訪哈比比，當天，他比約定的時間遲了半個小時，進房間的時候讓我眼睛一亮。因爲他穿了一身綠色的西裝，更奇的是他還足登一雙綠色尖頭馬靴。一時之間，竟然給了我一種「難道他是花花公子」的錯覺。

哈比比當然不是花花公子，我的錯覺源自於自己的才疏學淺。那時我到東南亞還不滿

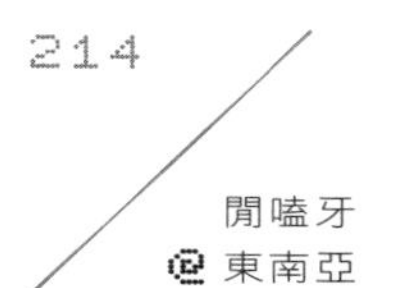

半年，根本不知道綠色是穆斯林的主色。也是到後來，我才知道早年留學德國的哈比比是寶馬（BMW）機車的愛好者。我自己也是寶馬重型機車的愛好者，如果早知道哈比比亦好此道，就不會訝異於他的尖頭馬靴了。

那天的採訪很有意思。採訪的前幾天，馬來西亞首相馬哈地對印尼有些種族主義方面的批評，所以我在提問時也觸及這個議題。

哈比（左）與作者（右二）。

哪裡知道哈比比一開口就是「新加坡才是種族主義呢」，然後鋪天蓋地狂批新加坡，成了該次專訪意外的爆點。

專訪在台灣《中國時報》刊出後，新加坡的《海峽時報》、《聯合早報》都不約而同轉載，重點全放在哈比比對新加坡種族主義的批評，結果竟然引起星、印兩國的外交爭議，雙方媒體也都發表評論互批，延續了好一陣子才逐漸平息。

其實我當時對於哈比比這麼強烈的反應，確實感到有點意外。後來仔細一想，他一定是看了我遞上印有新加坡地址的名片，誤以爲《中國時報》是新加坡媒體，才會對我這個「新加坡記者」的「挑釁性」問題做出反擊。

那次事件發生後，有次參加一個新加坡外交部長楊榮文也在場的活動，有人跟他說我就是那個專訪哈比比的記者，楊榮文還笑著問我，「是你 Provoke 他（哈比比）嗎？」

哈比比在位期間，承受了相當大的壓力，特別是大家都認定他是蘇哈托集團的餘孽，也一直對他施加壓力，要他處理有關蘇哈托貪瀆的指控，只不過哈比比一直不動如山。

哈比比拒絕在他任內處理蘇哈托，實際上是有深層的情感因素在內。

哈比比於一九三六年六月二十五日出生於印尼南蘇拉威西的一個穆斯林家庭，父親是當地的傳教士。

一九五〇年前後，蘇拉威西島發生騷亂，當時只是初級軍官的蘇哈托奉命鎮壓，結果和健康已有嚴重問題的哈比比父親結成莫逆，軍務空閒時經常到哈比比家聊天、吃飯，他也很喜歡自小就聰穎好學的哈比比。

哈比比的父親不久之後就去世了，臨終前特別將當時年僅十四歲的哈比比「託孤」給蘇哈托。蘇哈托也不負所託，一直用心培養哈比比，甚至還送他到德國留學。

哈比比學成之後，曾經長時期留在德國，後來也是已就總統大位的蘇哈托將他延攬回國，賦予重任，最終還力敵各方壓力，稱哈比比為「印尼最優秀的兒子」，將哈比比提升為副總統，哈比比也得以在蘇哈托於一九九八年五月暴動中被迫下台後接任總統。

一九九六年底，蘇哈托患病，便是由哈比比親自陪同他到德國治療。正因為哈比比與蘇哈托有這種情同父子的關係，所以他才執意絕不在自己任內處理蘇哈托，甚至不惜因此提早去位。

哈比比是個深情的人，他與妻子艾儂的故事在印尼盡人皆知。哈比比是於一九六二年在萬隆與艾儂相遇，完完全全是一見鍾情，在德國學習飛機製造的哈比比還向艾儂許下承諾，「我要為妳造一架飛機」。

艾儂於二〇一〇年過世，哈比比傷心過度，其主治醫師為了讓哈比比找到活下去的勇氣，鼓勵他將自己與艾儂的愛情故事寫出來。結果這本書在印尼造成大轟動，並且翻譯成英文、德文、阿拉伯文出版。《哈比比與艾儂》隨後又拍成電影，同樣轟動全印尼，上映首週，票房就衝上冠軍。

學科技出身的哈比比能力很強，他曾在聯邦德國的飛機製造廠工作多年，在航空技術方面有豐富的經驗，也曾經準備長居德國，不過後來在蘇哈托力邀之下回印尼，擔任總統的科學技術顧問，是印尼航空工業與科學的領頭技術專家。

一九八二年，哈比比獲頒印尼政府的瑪哈普特拉·阿迪帕拉達納勛章。一九八三年，美國《航空和太空工藝周刊》評選哈比比為航空與太空工藝方面最有功績的二十一名科學家之一。

哈比比也曾獲得過西班牙頒發的航空大十字勛章、荷蘭授予的荷蘭皇室大十字騎士勛章、義大利授予的大十字勛章。一九八六年時，哈比比被美國國家工程學會選為三位亞洲工程技術專家之一，並被美國國民工程學院吸收為院士。

但印尼人並不喜歡他，甚至諷刺他說「用粒椰子裝在猴子頭上也能當總統」。實則在哈比比執政的一年半期間，他完成了很多重要的事。譬如說東帝汶獨立。

印尼係於一九七五年兼併東帝汶，但自後東帝汶就成為印尼的一個頭疼問題。作為印尼最窮困的省分之一，印尼中央政府每年以天文數字挹注東帝汶，但卻始終無法獲得人心，武裝獨立運動一直不斷。

蘇哈托任內，沒有任何人敢承擔放手讓東帝汶獨立的政治風險，哈比比則完全不同，他考慮的並非本身的政治地位，而是將東帝汶留在印尼版圖內的得失。

權衡輕重之後，哈比比決定由聯合國主辦東帝汶前途公民投票，最終導致東帝汶脫離印尼獨立。事實證明，一直以來，東帝汶就像是印尼的盲腸，割掉比留著好。

哈比比對印尼的最大貢獻，莫過於無私推動民主。他上任之後，印尼在政治體制上有相當大的革新，集會自由跟言論自由都有所開放。一九九八年六月，哈比比開放了蘇哈托執政以來的黨禁，並且解散新聞部，終止言論審查制度。這些都是很了不起的作爲。

更令人動容的是，哈比比不惜犧牲自己的政治前途，成就印尼的民主進程。

一九九九年十月，哈比比在印尼最高立法機構「人民協商會議」提出政治責任報告，報告他任期內的政績。演說完後，國會進行投票以三百五十五票對三百二十二票否決他的報告。

雖然這等同不信任投票，但是卻無法律上的強制力，而且大家心裡都清楚，這個結果很大程度上是哈比比所屬「專業集團黨」內部的角力、暗鬥，哈比比如果戀棧的話，大可以置之不理，也完全有能力獲取連任。

有關這一點，馬來西亞人民聯盟領導人安華的話可爲佐證。安華曾經說，「如果印尼前總統哈比比在一九九九年選擇留任總統一職，印尼的前景可能會更好」，他也表示，「聽到哈比比下台，是我在監獄中所聽到最令人感傷的消息，當哈比比的總統演詞在印尼人民協商會議被否決之後，竟然決定退出總統選舉」。

可見得安華也認爲哈比比完全可以甚至應該選擇戀棧。但是哈比比並未這樣做，而是選擇放棄他的候選人提名，不再追求連任，爲印尼的民主化立下良好的負責任典範。印尼的民主今天能在東南亞穩穩超前，哈比比可以說居功厥偉。

白龍王？誰？

在港台、東南亞有眾多信徒的「白龍王」（周欽南）二〇一三年八月十七日在泰國春武里芭提亞附近龍王廟旁的自宅去世。「白龍王」三年多前因肺部感染引發嚴重支氣管炎，進入醫院深度插管治療頗長一段時間，甚至還曾傳出秘密赴香港治療。這個消息雖然無法證實，但顯見「白龍王」的病情確實不輕。

當時，「白龍王」也銷聲匿跡了一段時間，後來復出，還成爲港台星馬媒體的頭等大新聞。

這次「白龍王」過世的消息傳出後，當然也震動港、台、星、馬，其中又以香港影藝界爲甚，簡直如喪考妣，知名港星如曾志偉、苗僑偉、戚美珍等人，都在第一時間趕到龍王廟弔唁，媒體更是鋪天蓋地報導，鉅細靡遺，搞到人稱師母的「白龍王」夫人也不勝其煩而滿腹牢騷。

只不過出奇的是，「白龍王」去世的消息，在泰國竟然沒有激起半點漣漪，沒有任何媒體刊登他過世的新聞。對於泰國人，「白龍王」似乎根本就不存在。

究其原因，實在因爲泰國是個佛教國家，像「白龍王」這樣爲人開運解惑的「阿贊（師父）」，簡直多如過江之鯽，而且很多人並不認爲「白龍王」有什麼特別之處，在不少泰國阿贊的眼裡，「白龍王」還是一個「小咖」呢。

曾經多次到台灣進行法力刺青的阿贊布依就是其中之一。他說，「泰國比『白龍王』功力高強的阿贊太多了，而且他基本上只接見外國人，很少接見泰國人，泰國人自然就會疏遠他」。

除此以外，還有一個原因就是「龍王廟」無論是外觀或是廟內的裝飾，都是一座非常中式的廟宇，一般泰國人不會有親切感，所以就不會進去。

那麼，「白龍王」當年又爲什麼能在海外爆紅呢？

原來大約在三十年前，香港影藝界名人譚詠麟、曾志偉、黃創山合資在港開設「天天漁港」海鮮餐廳。當時，「白龍王」正好人在香港，通過共同友人介紹去參加了開幕典禮。

「白龍王」當場提了不少風水上的建議。由於當天影藝界人士雲集，大家聽說有位泰國異人在場，都紛紛向他請益，可是人實在太多，他無法一一作覆，就順口邀請大家有空到泰國，他必竭誠相待、指點迷津。

更重要的是，「天天漁港」開幕之後生意火紅，大家都認爲是「白龍王」之功，曾志偉等人也爲「白龍王」大力宣傳，結果香港影藝界人士開始絡繹於途前往泰國面見「白龍王」，幾乎人人都成了他的活廣告。

影藝界人士一向動見瞻觀，大家都把「白龍王」說得活靈活現，也造成一般人對「白龍王」產生好奇，他的名聲因此不脛而走，紅遍港、台、星、馬。

這就是「白龍王」爲什麼開始是在香港走紅，然後又演變成大家揪團前往泰國拜廟模式出現的根本原因。

「白龍王」的發跡，跟許多類似的「異人」一樣，都是「突獲天命」。原籍廣東潮州的「白龍王」一九三七年在泰國出世。出身一般，曾任電器維修師傅以及幫人修理單車，也有人說他曾在街邊擺攤售賣飲品。

傳言中述及他在十三歲開始見到太上老君身邊的白龍王顯靈。至四十歲那年，他自稱在夢中獲得啟示，知道自己是白龍王轉世。從此之後，他就開始替人指點迷津，而且愈做愈順，最後變成「白龍王」。

白龍王過世之後，很多人關心白龍王的繼任人選。只不過，白龍王夫人斬釘截鐵地表示，白龍王只有一位，所以絕不會安排接班人。同時也表示，大家都「看好」的白龍王女兒 Pet 絕對不會成爲接班人。因爲 Pet 已經三十七歲，夫家在泰北清邁經營很成功的冷凍事業，她也不希望 Pet 拋頭露面。

所以，有關白龍王繼任者的議論，就此淡下去。不料言猶在耳，白龍王在同年九月六日進行尾七儀式，現場「八仙」扶乩之後，當場確認 Pet 接掌日後廟中開壇和給善信解決疑難，Pet 也就登上白龍王昔日寶座，正式成爲「黃龍王」，並於十一日起正式開始，每週五、六、日接受善信問卜。

Pet 是白龍王女兒的泰文小名，是「鑽石」的意思，也可見得她頗受父母鍾愛。據知，白龍王夫人懷 Pet 的時候，身體很差，一度想要打胎。但白龍王認爲跟這個孩子很有緣，堅持要生下來。

Pet 出生之後，本來生活頗爲艱困的白龍王夫婦搬遷到現在居住的斯里猜，結果愈來愈順利，他們就更認爲 Pet 是福星。

現在，Pet 承續父親衣缽，接掌龍王廟，似乎也驗證了白龍王當初的決定是對的。

李光耀——外方內圓的政治家

這世界上，很少有能夠與一個國家聯繫在一起的政治家，二〇一五年三月二十三日過世的新加坡開國總理李光耀就是這麼一個人。

提到新加坡總理，浮上許多人腦際的，不會是前總理吳作棟，也很可能不是現任總理李顯龍，而是在一九九〇年就已辭去總理職務的李光耀。

對很多人而言，李光耀是一位十分強勢的領導人，甚至被稱做是一位「成功的獨裁者」。台灣前總統李登輝就曾經略帶揶揄地說過，「我和李光耀，哪個比較獨裁？」言下之意當然是指李光耀一意孤行，決定的事，必然貫徹到底，不容挑戰。

但實際上，在我的心目中，李光耀其實是一位外方內圓的傑出政治家。他絕非鐵板一塊，而是極能審度時勢，做出調整。更重要的是，他的調整、犧牲或者堅持，都是爲了新加坡的利益。這，才是他最了不起的地方。

我是於一九九八年起以台灣「中國時報東南亞特派員」的身分被派駐新加坡，前後六年，也曾經在不同的場合見過李光耀，但我最想要做的，就是親身專訪他一次。

所以，我幾乎是到任之後就提出專訪要求，但一直未獲得回覆。直到李光耀於二〇〇〇年九月赴台訪問回新加坡之後，有天突然接到李光耀新聞秘書楊雲英的通知，說是李光耀已經同意專訪，要我準備進行，同時特別交代我不要透露消息。

我很興奮，但並不知道李光耀突然同意專訪的原因，只能猜測是李光耀訪台時見了彼此交情深厚的《中國時報》老董事長余紀忠先生，余先生也許跟對方提了我在新加坡，所以李光耀才同意我的專訪。

哪裡知道，就在專訪要進行的兩、三天前，楊雲英又突然給我電話，抱怨我爲什麼把消息洩漏出去。我跟她保證除了報社內極少數的相關人之外，沒有人任何人知道這件事。結果楊雲英告訴我，台北《聯合報》駐新加坡記者就李光耀準備接受我專訪之事向她提出抗議。如所周知，當年的《聯合報》和《中國時報》勢同水火，余紀忠和《聯合報》董事長王惕吾雖然同爲國民黨中常委，但兩人從來就王不見王。

現在，《中國時報》要專訪李光耀，《聯合報》自是丟不起這個臉，所以才通過駐新加坡記者抗議。我當時覺得對方的抗議毫無道理，但是楊雲英告訴我她這邊也很爲難，而且「李資政已經知道這件事，會做出決定」。

第二天，楊雲英就告訴我，專訪照原訂時程，但改爲書面。老實說，這有點出乎我意料。我原先揣測，以李光耀的「強硬」，很可能會對《聯合報》的抗議置之不理。或者會以「消息洩漏」爲由而取消專訪，畢竟，由於有事先的約定，這個理由是站得住腳的。

卻沒料到李光耀選了第三條我沒想到的路，而且在做法上有些巧思。如果是按照原先安排的專訪，我採訪完後的作業，李光耀這方是無法控管的。但改爲書面專訪後，楊雲英把李光耀的書面回答交給了新加坡包括英文《海峽時報》和中文《聯合早報》在內的所有媒體還有提出抗議的《聯合報》，並且約定了發表日期，絕對不能搶在《中國時報》前面，而且必須註明是李光耀接受《中國時報》的專訪。

事後證明，這個做法在當時來說，是李光耀能選擇的最佳解決方法。首先，我雖然有點委屈，但最終畢竟是《中國時報》掛名採訪，而且新加坡的媒體都指名轉載自《中國時報》，甚至《聯合報》都不得不提報導內容是來自於《中國時報》對李光耀的專訪，等於是給足了《中國時報》面子。

李光耀這樣做的理由也很簡單，余紀忠、王惕吾都是他的老朋友，如果《聯合報》當時沒抗議，一切都好辦，但既然抗議了，他也要給《聯合報》一點面子。因此前述的做法可說是面面俱到，不得罪任何人，但是大家都達到了目的。

在新加坡的六年之間，我對李光耀的觀察，也印證了他在強硬外表之下圓融，證明了他是一位務實的政治家，只要能達成目標，他可以做任何的調整。

還有個例子就是新加坡開賭。很多人都知道，李光耀是強烈反對開賭的，甚至於公開說過，「開賭？除非 Over my dead body」。

但是新加坡在二〇〇三年前後經濟陷入困境，二〇〇四年上任總理的李顯龍極思突破，開賭就是其中一個選項。當時擔任資政的李光耀對於兒子要開賭，恐怕是反對的，但就我記憶所及（我是在二〇〇四年離開新加坡），他似乎從未在這議題上公開表態。

新加坡隨後開賭，也證明了確實對帶動經濟復甦起了很大作用。這件事，再次證明只要對新加坡有利，李光耀絕對可以也願意調整。

前面提到的都是小事，但見微知著，多少可以洞見李光耀的處事準則。

外方內圓的李光耀（中）。

首先，巴育本人渾然忘卻他自己就是造成泰國政治分歧的一大原因。二〇一四年五月，時任泰國陸軍總司令的巴育發動政變，推翻了民選政府，大開民主倒車，成立軍事執政團，自任總理執政至今。

其次，巴育應該不會不知道，李光耀生前十分推崇、佩服泰國前總理塔信，還曾經公開表示，他看好塔信有朝一日會成爲區域（東南亞）領袖。新加坡前總理吳作棟二〇〇三年前往泰國首都曼谷參加亞太經合會（APEC）領袖峰會時，也曾公開讚賞塔信的領導能力。當時正值吳作棟準備交棒給李光耀之子李顯龍之際，他在國際公開場合讚揚另一個國家領袖，相當不尋常，也足見他很認同塔信的能力。

那段時間確實是塔信最意氣風發之際，他帶領泰國走出金融風暴，推行了許多嘉惠貧民的政策，泰國的國際地位也一直向上提升。李光耀的預言，眼看就要成眞。

只不過不旋踵之間，倒塔信運動就在二〇〇四年開始啓動，反對陣營發起馬拉松式的街頭示威，造成泰國兩極對立日益嚴重，終於在二〇〇六年九月，軍方趁塔信前往紐約參加聯合國大會之際發動政變，塔信也因此流亡國外。

塔信雖然遭政變推翻，依然在國內有相當聲望，也廣受貧苦大眾愛戴，所以能再度藉「人民力量黨」贏得大選，而且在二〇〇八年二月風光回國。結果，政敵又開始發動街頭運動，並且準備以頗有疑義的一項地產交易案件將他判刑，事前獲得風聲的塔信於是再於同年八月藉赴中國參加奧運開幕式出亡。

同樣的，流亡在外的塔信再次藉「爲泰黨」在二〇一一年贏得大選，而且祭出奇招，把毫無政治經驗的妹妹穎拉推上總理之位。結果同樣的事情又發生，反對陣營於二〇一三年底發動長期大型街頭示威，也才讓巴育領導的軍方能夠再度以「恢復國家秩序」爲藉口，於次年五月二十二日發動政變，徹底推倒穎拉政府。

以李光耀的政治經驗以及歷練，他當年必定有所本才會推崇塔信，而塔信確實也是泰國有史以來最能幹的總理。李光耀可能作夢也沒想到，塔信的下場竟然會是如此。

李光耀當然也很能幹，但他當年擔任新加坡自治邦總理時，是一心一意要新加坡留在馬來聯邦裡的。結果馬來聯邦忌憚李光耀的長才，深恐他的力量日益坐大，才在一九六五年把李光耀以及新加坡一併踢出聯邦。

就這一點來說，李光耀在政治上的遭遇和塔信其實是一樣的，兩人都是樹大招風，但相似處也到此爲止，以致最後兩人的命運也產生了很大的不同。

如前所述，新加坡當年是被迫獨立的，李光耀在宣布獨立時不知所措、誠惶誠恐，甚至潸然淚下。還好，馬來西亞把新加坡給了他，不像塔信只能流亡國外。

從這個角度來看，李光耀眞是還好沒生在泰國。

溫丁——緬甸的民主巨人

提起緬甸的民主，絕大多數人立刻浮上腦際的，想必是翁山蘇姬。特別是對緬甸以外的人來說，翁山蘇姬根本已經是緬甸的代名詞。這是因爲將近三十年以來，所有國際媒體對於緬甸民主運動的報導都集中在她一人身上。

但是對於緬甸內部的人而言，特別是從事民主運動者，二〇一四年四月二十一日去世的溫丁（U Win Tin），也是他們口中的「溫丁大叔」，才是眞正的民主巨人。

溫丁於一九三〇年三月十二日在英屬緬甸勃固省喬平考（Kyopinkauk）出生。當時的緬甸，雖是英屬殖民地，卻受英屬印度管轄，實際上等於「殖民地的殖民地」。對於那一代的緬甸人來說，無疑是另一種屈辱。

溫丁於一九五〇年代初畢業於仰光大學，隨即投身於新聞事業。

一九八八年，身爲記者的溫丁處身於波瀾壯闊的學生運動，決定投身政治，爲緬甸爭有趣的是，李顯龍相對於父親，感覺上是一位相對溫和、可親的人，但在該堅持的事情上，他卻是一位相當堅韌甚至固執的人。

父子兩人，一個外方內圓，一個外圓內方，但都執意做對新加坡有利的事。新加坡人，眞是何其有幸。

二〇一五年八月九日，靠政變奪權的泰國總理巴育赴新加坡做了一次旋風式訪問，參加星國建國五十週年國慶。巴育在參觀盛大慶典及閱兵之後，有感而發地對隨行的泰國媒體表示，如果李光耀出生在泰國就好了，「他一定早已解決了我們（泰國）現在的政治分歧」。巴育也對新加坡在短短的五十年間，就從一個相對落後的小漁港，發展、建設成世界一流的經濟體，讚羨不已。

李光耀曾在一九五九年到一九九〇年擔任新加坡總理，爲新加坡打下堅實的發展基礎。新加坡早年也曾經發生過種族暴動，但現在種族之間的和諧，是區域內的典範。巴育對李光耀的讚美，絕非過譽。

只不過，巴育有關如果李光耀生在泰國，泰國現在所面臨的問題就都會解決的說法，不但太過於簡化、一廂情願，也不符合事實。眞實的情況極可能是，「李光耀還好沒生在泰國」。

取民主，於是配合回國探親而捲入運動的翁山蘇姬，成立了「全國民主聯盟」（全民盟），起而反抗軍人統治。結果該次學運遭到軍政府無情血腥鎮壓，死傷無數，這就是緬甸民主運動史上著名的「八八民運」，現今重要的民運組織「八八學運世代」主要成員如敏高良、高高基……都是當時遭逮捕繫獄。

「八八民運」遭鎮壓後的第二年，軍政府對翁山蘇姬的出身（緬甸國父翁山將軍之女）頗有顧忌，因此只敢將她軟禁在家，可是對當年已年屆六旬又絕不屈服的溫丁就沒那麼客氣，以「反政府宣傳罪」將溫丁重判二十年，關進仰光近郊惡名昭彰的英盛監獄。

關於獄中生活，溫丁在二〇一〇年曾經出版名爲《那是什麼？一座人間煉獄》（*What's That? A Human Hell*）的著作，以自己的親身經歷描述了英盛監獄的種種非人待遇，包括遭受嚴刑拷打、折磨，隔離關在連腰都直不起來的犬舍裡，長期忍受飢渴，連續五天不准睡覺接受審訊等等，引起國際社會的震撼。

但在這樣惡劣關押條件下的溫丁，卻從未屈服。事實上，緬甸當局幾乎每年都以釋放爲條件，要求溫丁宣布退出「全民盟」，或者承認自己是翁山蘇姬組黨的出謀劃策者。但每次溫丁都以沉默作答，從來不爲所動。

二〇〇七年，溫丁與其他九名政治犯一起被列入當局釋放名單。溫丁這次反而向當局開出了他的「出獄條件」，亦即必須同時釋放包括翁山蘇姬在內的所有政治犯。結果當局取消他的釋放令，溫丁再度被押解回牢房。

在獄中飽受磨難的溫丁也並未閒著，他在一九九六年還曾經冒著極大風險，將監獄的非人道待遇，寫成文字設法傳遞出去，引起聯合國人權委員會和國際紅十字會的關注。

換句話說，溫丁即使身陷囹圄，都未曾一刻鬆懈對暴虐軍政府的抗爭。這種精神，感動了許多後起之人。

二〇〇八年九月二十三日，在坐牢長達十九年後，年近八旬的溫丁終於獲得當局特赦，提前一年出獄，但已創下緬甸坐牢最久政治犯的紀錄。溫丁出獄時拒絕換下身上藍色囚服，並且說只要緬甸監獄裡還有政治犯，他就不會脫下這件囚服，因為「緬甸並沒有實現眞正的自由」。

這就是風骨凜然的溫丁，他用自己的失去自由甚至放棄自由，對緬甸軍政府做出最直接的控訴。他也說到做到，從出獄直至六年後過世，他也一直穿著藍色囚衣。

溫丁出獄仍堅持穿著囚服。也是「全民盟」中唯一敢向翁山蘇姬表達反對意見的人士。

溫丁的最明顯人格特質就是直言、敢言，毫無顧忌說出自己信服的眞理，對壓迫方的軍政府當然如此，就是對自己的同志，他也是該說就說，是「全民盟」中唯一敢於向翁山蘇姬表達反對意見的「異議人士」。

但溫丁也絕非鐵板一塊。

譬如說溫丁很反對「全民盟」參加二〇一二年的國會補選，不但在接受緬甸及國際媒體訪問時都表達反對態度。「全民盟」召開中央委員會就該案進行討論時，溫丁也發言直陳其非，但在「全民盟」議決參加補選之後，他就立刻同意擔任領導角色，確保「全民盟」可以獲勝。

有不少人對他改變態度頗有微詞。溫丁卻表示，民主就是要盡情表達意見，但多數決之後，就要盡全力達成目標。很多年輕的「全民盟」成員，都承認溫丁的民主觀念給了他們很大的啓示與鼓舞。

溫丁就是這樣，不論在獄中還是自由之身，他都隨時以自己的身教、言教，推動著緬甸的民主。

緬甸人為身在獄中的溫丁製作七十五歲生日海報。

溫丁在獄中飽受各種折磨，出獄後的身體狀況並不很好，身無長物的溫丁寄住在侄兒所提供，位在仰光的簡陋小屋中，淡薄怡然，仍舊積極進行無畏的民主活動。

二〇一二年九月十三日，溫丁在其寓所接受我的訪問，對當時緬甸的局勢進行了坦誠、深入的剖析。

他承認翁山蘇姬是在幾乎已無選擇的情況下，帶領「全民盟」進入體制內；他也表示無法預判「全民盟」一旦在二〇一五年勝選，緬甸政府是否會像一九九〇年「全民盟」勝選之後，悍然拒絕交出政權。他說，「老實說，我不知道，但歷史可能重演」。

以下是當次訪談紀要：

梁東屏（以下簡稱梁）：緬甸文人政府去年（二〇一一）三月上台後，立即開始了一連串令人眼花撩亂的改革、開放。但是一個長期壓制民主的軍政府，一夕之間脫下軍裝換穿西裝，就換了腦袋？而且無論外部及內部的壓力都並未加大，那麼，他們爲什麼要改變？這一切，是眞的嗎？

溫丁（以下簡稱溫）：關於這一點，恐怕要從一九八八年至今的歷史來思考。在這麼長的一段時間裡，軍政府一直是站在與人民的對立面。譬如說「全民盟」在一九九〇年壓倒性贏得勝利，實際上就說明了人民拒絕他們（軍政府）的管治。

另外如發生在一九九五年、一九九八年的示威、抗議乃至於二〇〇七年的「袈裟革命」，應該都已讓他們認識到，他們最終還是得改變，還是得往前走。

你問我他們爲什麼要改變，我無法很準確地說出來爲什麼。實際上，經過這麼長時間的壓制，我們並不相信他們，而且到目前爲止，除了有了一個（文人）政府和國會之外，其他一切都未改變。二〇〇八年所通過的憲法，根本是一部非民主的憲法，在這個憲法之下，我們什麼都不能做。

梁：如果你們並不相信他們，爲什麼又要配合呢？我的意思是說，「全民盟」參加了四月間舉行的國會補選，實際上等於幫了政府的大忙，爲他們可能並非眞誠的改革背書。

溫：我們（全民盟）已經奮鬥了二十五年，現在終於出現了一個機會，以及一點點改變，我們必須抓住這個機會。

我們都已經太老，翁山蘇姬也已經六十八歲了，黨裡欠缺三十歲到五十歲這一年齡層的領導，他們很多都逃到國外，其他的黨派也一樣，所以我們必須抓住這個機會，讓黨能夠延續下去，對民主的努力可以持續下去。

梁：翁山蘇姬也持同樣的想法嗎？這麼多年來，她一直堅定對抗軍政府，堅持西方國家對緬甸制裁，她的高度，不正是來自於對軍政府高壓統治的不妥協嗎？那麼她的妥協，是因爲擔心不抓住這個機會，她和「全民盟」都將被淘汰掉了嗎？

溫：不錯，翁山蘇姬也是這樣的想法。我剛才說過，我們都已經太老，無法再錯失機會。但我不認爲這是「妥協」，我們是「順應時勢」。

關鍵的時刻出現在總統登盛於去年（二〇一一）八月邀請翁山蘇姬赴官邸會面。當時登盛很明確表示希望所有的黨派都能進入國會，而且在翁山蘇姬提出選舉法使得「全民盟」無法參選之後，同意修改選舉法。

梁：「全民盟」在那次補選大獲全勝，恐怕把軍人嚇壞了吧，你們有預期會大勝嗎？

溫：那次的補選，對我們來說很倉促，根本沒有足夠的準備時間，我們原先預估大約只能贏十五至二十席，也正因爲如此，翁山蘇姬才積極展開全國助選，結果開票出來贏了四十四席，只輸了撣邦一席，確實出乎我們意料之外。

梁：我想，不僅僅出乎你們意料，恐怕更出乎他們（緬甸政府）意料，特別是你們拿下內比都（首都）四席。

溫：確實，我們完全沒寄望在首都獲勝，因爲內比都的人全是公務員，幾乎沒有一般的百姓，根本就應該是執政黨「聯合鞏固發展黨」（鞏發黨）的鐵票區，所以當初我們推出四個年輕、沒有經驗的候選人，基本上就是「陪榜」的性質，沒想到竟然贏了。他們（政府）確實嚇壞了，所以翁山蘇姬勝選演講特別強調不是她或「全民盟」的勝利，而是人民希望改變，就是不希望刺激執政黨。

梁：一九九〇年那次大選，軍政府也沒料到會大輸，結果造成軍政府不交出政權，高壓統治至去年才結束的後果。二〇一五年的大選馬上就要到了，我相信「全民盟」會贏。那麼，同樣的事會發生嗎？

溫：這，我們眞的不知道，歷史確實有可能重演。我們其實也在思考，二〇一五年時，問題不是我們會不會贏，而是我們應該「怎麼贏」。

梁：丹瑞大將宣布退休了，也確實不再出現在任何公開場合，但我不相信他眞正退休了，登盛是他特意推到台前成爲總統，我相信在一定程度上還受到他的控制。你認爲呢？

溫：我也不相信丹瑞眞正退休了，他還是在幕後操控，這點應該沒有疑義。不過我認爲登盛是很有誠意的人，他和其他人不一樣。但是我們不會寄望別人，我們必須要強化自己的黨，我們已經決定在今年內舉行黨內民主選舉。

一代傳奇人物——羅星漢

羅星漢絕對稱得上一代傳奇人物。他曾在「金三角」叱吒風雲而被美國懸賞三百萬美金通緝，美國前總統尼克森將他稱爲「東南亞海洛因教父」，《讀者文摘》則封他爲「鴉片將軍」。實則羅星漢身材中等，老年之後更是慈眉善目，言語謙恭有禮，很難讓人將「鴉片將軍」跟他聯想在一起。

而且，羅星漢一生經手鴉片不知凡幾，但他自己從不吸食。他說，「連紙菸我也不吸，酒也不喝，就是打打（高爾夫）球，打打麻將」。鴉片，對他而言，就只是商品、生意。

退隱後一直卜居於仰光市豪宅的羅星漢，二〇一三年七月六日晚間因腹瀉引發心肌梗塞去世，享年七十八歲，結束了多采多姿、大起大落的一生。

羅星漢平時素重養身，熟悉他的人都知道他幾乎每天早上都打高爾夫球，所以都是近午才約訪。羅星漢多年前曾因心臟問題而動過手術，但身體一向還算硬朗，家裡也有護理人員隨伺，此次驟然過世，確實讓親友大感意外。

羅星漢親友表示，當晚羅星漢吃了一碗魚湯麵，不料引發嚴重腹瀉，送醫後羅星漢拒絕打點滴，而且認爲腹瀉小事，也不願留院休息，堅持回家休養。回家之後可能因爲身體虛弱竟引發心肌梗塞，家中又欠缺急救專業人員及設備，一時間搶救不及而去世。

一代梟雄竟因一碗可能不太潔淨的麵而喪生，思之令人惋嘆。但羅星漢一生的精采絕倫，並不因爲他死得平淡無奇而遜色。

慈眉善目的羅星漢，難與「鴨片將軍」聯結。

羅星漢祖籍江西，一九三四年出生於緬甸北方鄰近中國的果敢，緬文名字叫「畏蒙」，他的中文名「羅星漢」，還是在就讀於國民黨九十三師殘軍在果敢開辦的反共軍事學校時取的，其實當初取的是「羅興漢」，頗符合國民黨軍當時要「反攻大陸」的心理狀態，後來才改爲「星」，是何原因，就不得而知了。

羅星漢的祖上跟幾乎所有果敢人一樣，都是南明亡國之後的孤臣孽子，羅星漢的祖上據傳是永曆帝身邊的一名副將，傳到他這一輩剛好是第十代。

羅星漢自小膽識過人，很早就展現出領袖特質。他從果敢官立小學畢業後，就進入當地由國民黨殘軍開辦的反共軍事學校學習，首批畢業的二十二名學員均被授予少尉軍銜，羅星漢是最小的一個，年僅十四歲。

畢業之後，羅星漢進入果敢楊氏土司所屬的武裝自衛隊擔任分隊長，後來成為土司楊振材的妹妹、人稱「楊二小姐」楊金秀所率領的馬幫隊長，還曾因為帶領人員星夜突襲，救出楊二小姐而聲名大噪。也有傳言指稱他和楊二小姐有親密關係，不過楊金秀晚年受訪時曾親口否認。

一九四九年中共建政後厲行禁毒，使中南半島和東南亞的百萬煙民喪失了鴉片來源。在這個情況下，與中國雲南氣候、水土相同，所製成品與雲南名貨「雲土」質量相若的果敢，就因緣際會成為重要的鴉片產地。當時，羅星漢亦順勢率領馬幫在緬甸和泰國之間販運鴉片，後來也在此期間，他娶了雲南耿馬人張小菀為妻。

膽識過人的羅星漢接著自立門戶，在果敢地區辦起了武裝護鏢，專門替鴉片商人長途販運充當保鏢，因為果敢地區是當時緬北主要的鴉片集散地，他的鏢局生意愈來愈紅火，個人勢力就愈來愈大，不但擁有數千匹騾馬的馬幫從事毒品販運，還自建海洛因提煉工廠，建立起產銷網絡，進而成了金三角地區第一代「鴉片大王」。

這也是爲什麼西方國家一直認定羅星漢與其子羅秉忠於一九九〇年代成立的「亞洲世界（Asia World）」集團剛開始時根本就是個幌子公司，實際上在做的還是毒品生意。《金三角鴉片交易縱覽》一書作者伯提爾．林特勒（Bertil Lintner）就指出，羅氏父子利用「亞洲世界」做幌子賺了大錢，用來支撐當時的緬甸軍政府，緬甸軍政府則投桃報李，特許羅氏父子包攬許多政府大工程，如此魚幫水，水幫魚，「亞洲世界」才能在很短時間內茁壯成緬甸數一數二的大公司。

現在，「亞洲世界」擁有六萬多名員工，是緬甸五大集團之一。

林特勒的前述說法並非空穴來風。「亞洲世界」經手的都是大案子，譬如仰光國際機場、仰光港口營運、建造公路，以及中、緬合資穿越緬甸、從印度洋直達雲南的油氣輸送管道，皎飄深水港以及二〇一一年九月三十日遭緬甸總統登盛叫停的密松水電站，都是「亞洲世界」參與的項目。

密松電站叫停，很多人都認爲是中、緬關係生變的結果，其實一位知道內情的人指出，登盛當時以「民意」爲理由叫停，但實際上是他與副總統之間鬥法的結果。他說，「緬甸，什麼時候會傾聽民意了？」

另外，羅氏父子與緬甸軍方的關係確實很好。譬如緬甸前獨裁者丹瑞大將於二〇〇六年爲愛女辦了一場讓人側目的豪華婚禮，據稱羅氏父子就是主要策畫者。

仰光當地華人也說，羅星漢位於仰光市警衛森嚴高級住宅區內的豪宅，當年是準備建給總理欽紐。結果欽紐於二〇〇四年遭丹瑞大將罷黜、軟禁，羅星漢就接收了這座住宅。

羅星漢依附當權者，早就有跡可尋。

一九六〇年代，果敢原土司楊振材反抗緬族軍政府，軍政府所採取的對策則是「以果制果」，利誘羅星漢組織自衛隊與果敢革命軍對抗，聰明過人又識時務的羅星漢立刻應允，領導軍隊擊垮果敢革命軍，革命軍首領楊振聲退入泰國，另一支彭家聲的軍隊則退入中國。這是羅星漢首度展現出其軍事長才，也是他依附權威之始。

羅星漢並非只知蠻幹的一介武夫，他也嫻熟謀略，曾經不戰而屈人之兵，把國民黨殘軍驅離「金三角」。

當年國民黨軍大陸兵敗後由雲南潰至「金三角」，一度控制著「金三角」的鴉片生意，也成了「金三角」第一支以軍護毒、以毒養軍的武裝販毒力量。

其時，緬軍無力對付國民黨軍，於是又沿襲當年利用羅星漢對付果敢革命軍的老方法，採取「以華制華」，羅星漢則乘勢獻策，由他出任從事鴉片生意的「孟洞公司」老總。

羅星漢的策略是個個擊破，先以利收編國民黨殘軍的大批人馬進入孟洞公司，孤立起部分不願歸順者，接著他建議政府拉攏支持國民黨軍的地方武力，許以利益、官位，進一步切斷國民黨軍與地方的關係。

一切就緒後，羅星漢親自發信給剩餘的國民黨軍，「我奉命追剿你們，但我不想發生衝突，希望你們馬上離開」。就這樣，前後一個月，事情就解決了。

自此之後，羅星漢就稱霸「金三角」，後來名聞遐邇的大毒梟坤沙（張奇夫），算起來，還是他的後輩。羅星漢和坤沙兩人先後在「金三角」稱雄，但若論起傳奇性及個人的智略，羅星漢則遠在坤沙之上。

六、七〇年代，羅星漢和坤沙在緬北各據一方，也偶爾駁火，兩人後來都被緬甸政府招降，軟禁在仰光。坤沙到仰光之後，直至病逝都沒有更大作爲，而羅星漢則放下鴉片，率領兒女改做生意，再創人生高峰。

二〇〇七年十月坤沙去世時，僅是一個被緬甸政府軟禁的囚徒。羅星漢去世時，則是坐擁億兆家財的超級富豪和華人領袖，去世次日政府官員和企業家紛紛前往弔唁，境遇之別不言而喻。

羅星漢算起來只有小學畢業，但他很重視教育，對於教育的關注和支持始終如一，本人也甚喜閱讀。

一九六八年時，後來成爲「果敢王」的彭家聲獲得中國支援反攻並占領果敢。羅星漢當時採取焦土政策，強迫果敢人民遷往臘戍，焚燒果敢新街，使得現今臘戍成爲果敢民族大本營。羅星漢當時還在臘戍建立了果敢反共軍校，自任校長。

其實，羅星漢一九五六年小學剛畢業就當上了果敢縣大東山區教育組長，負責二十多個學校。一九六五年時緬甸排華，關閉華校，羅星漢卻另闢蹊徑，以果敢前進委員會名義向緬甸官員提出發展地方教育的要求，理由是「國家中心文化要維護，民族固有文化要保留」，向緬甸政府提出發展地方教育的要求，興辦「果文」學校。

緬甸政府承認果敢人爲緬甸的「果敢族」，所以就同意了羅星漢的「民族固有文化要保留」建議，允准興辦果文學校。其實，這世界上哪裡有什麼「果文」，「果文」根本就是華文，華文在緬甸得以香火延續，緬甸華人教育堪稱東南亞的佼佼者，就是羅星漢當年頭腦靈活、偷天換日的結果。

另一方面，羅星漢也以臘戍爲中心，每年指揮兩次運輸量在二百噸左右的鴉片倒賣，收入甚豐，總利潤額在六、七百萬美元之間，鴉片產供銷的「一條龍」經營方式，也是在羅星漢手中建立。

也就是在那段時間，羅星漢的大名不僅威震金三角，而且成爲當時聞名世界的大毒梟，更變成了西方媒體報導中的「鴉片將軍」，美國也懸賞捉拿他。對於這一點，羅星漢總是輕描淡寫地說，「美國人要怎麼說，就隨他們吧」。

羅星漢經營毒品生意使得緬甸政府遭受來自國際反毒的壓力，再加上他的部隊未解決緬共在北部山區割據的問題，緬甸政府遂翻臉決定解散他的部隊，羅星漢堅決不從，帶領部隊退入泰國，後來在國際合作之下，羅星漢於一九七三年在泰北被誘捕後轉交給緬甸政府。緬甸政府判他無期徒刑，關入惡名昭彰的仰光英盛監獄。

當年判決的理由是「叛國」而不是販毒，主要的原因就是，他的販毒是緬甸政府默許的。羅星漢在獄中也頗受禮遇，有自己的牢房，還可以開小灶，並有緬甸軍情局的一位專責人員陪伴他。

在獄中的羅星漢也並未閒著。他上書當時的總統尼溫，建議由他協助招降各路少數民族叛軍，結果獲得採納。羅星漢也不負所託，計畫執行成功，立下功績，終於在一九八〇年時通過大赦獲得釋放。龍回大海的羅星漢又開始翻雲覆雨，從經營毒品的老行當，累積資本後慢慢轉型爲正當的生意，終於成爲一方巨賈。

過世之前的十多年，羅星漢其實已是退休狀態，平日不太見客，「亞洲世界」也完全交由羅秉忠打理，但只要有客來訪，離去時，不論尊卑，他一定親送至門外，頗有老一輩江湖人物風範。

羅星漢晚年甚爲低調，辦學卻不遺餘力，特別是在上緬甸臘戍、果敢一帶，聲望很高，很受愛戴。他一生大起大落，有過無數頭銜，但他最愛的，就是「緬甸果敢民族文化總會永遠榮譽主席」，所以眞正熟識他的人，也都稱他爲「羅主席」而不名。

總體來說，羅星漢對果敢地區有五大功績讓人感念。一、鼓勵果敢族搬遷移民到怒江西岸，擴大生存空間，並積極主張果敢族落地生根。二、一九六五年緬甸發生排華事件，學校全部收歸國有，華文學校也遭到下令關閉。羅星漢則運用智慧將「華文」改稱爲「果敢文」，「華人」轉稱爲「果敢人」，瞞天過海騙過緬甸中央政府，使得「果敢民族文化（實際上就是華族文化）」得以保留承繼，華文在緬甸得以香火延續。三、大力發展果文學校，總計果敢文教會屬下有八十四所學校，老師有一千多名。四、羅星漢投資修建了臘戍—木姐公路。這條全長一百八十多公里的道路是緬甸北部通往緬中邊境的重要通道，也是中緬邊境貿易的最主要通道。更重要的是他積德行善，因爲修路無利可圖，靠收三十年過路費根本收不回投資。五、一九九八年時羅星漢出面組成雲南會館，成爲凝聚緬甸華人的重要民間組織。

更有趣的是，緬甸中央政府很忌諱民間團體，所以各地雲南會館都是巧妙地「寄生」

在廟宇裡的單位，也益見羅星漢腦筋靈活，確有過人之處。

對於前半生的大毒梟生涯，羅星漢在晚年反思中不諱言確實對社會有危害，但仍不忘強調當時要以果敢人的生存放在第一位，「爲了生存，其他的事情皆可不顧」。他也多次強調自己是「第一個提出禁毒」的地方領袖，多次在果敢老街公開焚燒毒品，並請國際組織和國家領導人參觀。

縱觀羅星漢的一生，他機變靈活，能夠認清時局發展而及時調整策略來順應強勢的一方，聰明地避免沒有致勝把握的衝突，從而獲取利益，擴張力量，進而取得成功。

羅星漢曾評價自己「我只要想著是合理的，我就去做，也不遺憾。我的性格是敢作敢爲、敢想敢做，我認爲這是我一生最大的長處」。

我於二〇一二年九月十五日在羅星漢的寓所給他作了專訪，以下是訪談紀要：

梁東屏（以下簡稱梁）：緬甸從去年（二〇一一）三月開始宣布要進行改革、開放，但是至今爲止，還是有不少人對緬甸政府是否眞心抱有懷疑的態度，你的看法如何？

羅星漢（以下簡稱羅）：六〇年代，緬甸是東南亞國家中最富裕的國家，但是閉關五十年來，緬甸已成爲區域內數一數二的窮國，現在的總統（登盛）對這點看得很清楚，我們的領導及全國人民，也都了解我們吃了大虧，所以現在都堅持一定要開放，這個改革、開放是眞的，不用懷疑。

緬甸資源豐富，土地廣闊，雨量充足，礦業，銅、鐵、金、鎢、石油、天然氣，什麼都有。從前軍人當政，他們只知負責國家安全，不懂經濟，才會做出錯誤的決策，但是不能一錯再錯。

梁：政治的穩定是經濟發展的要素之一，但緬甸的政治穩定度是否沒有問題？舉例來說，緬甸下一次大選將在二〇一五年舉行，幾乎所有的人都相信翁山蘇姬所領導的「全國民主聯盟」（全民盟）會贏。那麼，緬甸政權會順利轉移嗎？還是會像一九九〇年那次「全民盟」大勝，但軍政府拒絕交出政權。

羅：一九九〇年的歷史絕對不會重演。經過了二十多年，大家都覺悟了，也都有共識，如果選輸了，就應該交出政權，絕對不會再走回頭路。我自己也認爲「全民盟」會贏。

梁：但是就人性的觀點來說，難道包括丹瑞大將在內的前軍政府領導人，不擔心「全民盟」取得政權之後會算帳嗎？他們爲什麼要冒這個風險？

羅：我認爲緬甸這次翻天覆地的改變是正向的，緬甸也不會對丹瑞這些人算舊帳，我相信翁山蘇姬和登盛在這方面是有共識的。再說，改革開放甚至於登盛出任總統，都是丹瑞一手安排，丹瑞其實也是想爲國家做事，只是沒做好罷了。

梁：丹瑞現在眞的已經不管事了嗎？

羅：他眞的已經不管事了，否則的話，被軟禁的前總理欽鈕也不會放出來了。

梁：緬甸開放之後，就做生意的觀點，你認爲應該注意些什麼呢？

羅：過去在緬甸做生意，主要是靠關係，現在公平競爭了，就要靠本事，我相信有不少企業會在競爭之下垮台。緬甸的開放，基本上是以中國爲藍本，其實現在緬甸已經比中國開放，我甚至認爲開放得太快了一點，到時候舊的被打垮，新的還起不來，會有問題的，所以要趕快轉型。

梁：你的事業也在做轉型的準備了嗎？

羅：早就準備好了，我計畫朝電力方面發展。其實前一陣子被緬甸政府停掉的密松大壩，就是我引進的。這裡面有些誤解，因爲竣工後產生的電力，有百分之八十五輸往中國，只有百分之十五提供國內供電，所以很多緬甸人覺得心裡不舒服。其實緬方占了百分之五十一點八的股份，所以多數的利潤是屬於緬方的。這個水電站計畫一定會恢復。

孤獨的國王：希哈莫尼

位在柬埔寨首都金邊市金碧輝煌的皇宮，是遊客必到之處。但鮮有人知的是，這個皇宮裡，卻住著一位可能是世上最孤獨的國王，就是二〇〇四年從歐洲回國接任柬埔寨王位的希哈莫尼。

柬埔寨的王室已經有兩千多年的歷史，承續著當年幾乎涵蓋整個東南亞的高棉王朝，然而這個王室卻極有可能終於此，希哈莫尼也極有可能成爲柬埔寨最後一位國王。

相較於他父親施亞努當年在世界舞台上的意氣風發、長袖善舞，希哈莫尼是一位個性溫和、沉默寡言、不喜交際的人。

本身曾是芭蕾舞者的希哈莫尼更大的興趣是在藝術方面，他對於曾經長住二十五年的捷克首都布拉格喜愛程度遠甚於金邊市，他也常常對人說，「捷克是我的第二故鄉」。可悲的是，他現在雖然回到自己的「第一故鄉」，朝思暮想而不可得的卻是「第二故鄉」。

希哈莫尼即位後曾經數度回訪布拉格，隨行人員都津津樂道他在當地如魚得水的快樂。

然而施亞努在二〇〇四年突然無預警宣布遜位，希哈莫尼則在父、母「延續王室」的壓力下，回到柬埔寨成爲心不甘情不願的國王。

擔任萬人之上的國王之後，希哈莫尼鮮少出現在柬國媒體上，以至於許多柬埔寨人都以「哀傷、孤獨、被遺棄」來形容他。而他之所以很少出現在媒體版面，一方面是個性使然，另一方面也是柬國的眞正掌權者、總理洪森刻意造成。

希哈莫尼的一舉一動，其實都在洪森親信、宮務部部長孔頌歐的監控中，僅有的幾次離開皇宮外出，也都有宮務處人員名爲陪伴實則監視，媒體則被排除在外。另一方面，雖然柬國憲法確實賦予國王若干權力，但是希哈莫尼卻完全沒被授權。

柬國反對派國會議員宋其哈就指出，「我想，我們可以用『傀儡國王』這個名詞，他（希哈莫尼）的權力已經完全被消除無形了」。

風流成性的施亞努前後共娶過六位妻子，情人更是無數，但希哈莫尼卻至今仍是單身，當然也無任何子嗣可以繼承王位，他的生日最近才剛過，但幾乎沒有任何人提及，也無任何慶祝活動。

一位在宮中任職、名為辛其哈的年輕人就對「美聯社」表示，希哈莫尼是一位很善良、溫和的紳士，但是他沒有任何權力，從早到晚都待在宮中，「在電視上，你可以看到（柬國）領導人向他行禮，但是背地裡卻完全不尊重他，你可以說，柬埔寨的真正國王是洪森」。

希哈莫尼的同父異母兄弟、納拉烈親王是比較了解狀況的人，他指出，希哈莫尼之所以自願不行使他在憲法上應該有的權力，主要是不想危及皇室，「他（希哈莫尼）把王室的未來置於個人之上」。

曾經寫過施亞努傳記的澳洲歷史學家米爾敦·奧斯本也指出，假定希哈莫尼意圖行使權力或擔任任何政治角色，「我相信洪森會立即採取行動，廢棄希哈莫尼乃至整個王室，所以他（希哈莫尼）雖然貴為一國之君，實際上卻是皇宮裡的囚犯」。

「無厘頭」總統翻轉菲律賓經濟

菲律賓首都馬尼拉的瑪卡蒂金融區高樓大廈林立，可以說是菲國首善之區。不過有意思的是，瑪卡蒂金融區早在一九八〇年代前獨裁者馬可仕倒台之前，就已經是那樣的規模了。

事實上，菲律賓在二戰之後到八〇年代，曾是亞洲數一數二的富裕國家。當年菲律賓華僑歸國，那眞是光鮮無比，甚至於很多父母，都希望能找到菲華的乘龍快婿。

然而曾幾何時，馬可仕於一九八六年倒台之後，接連的幾任總統，包括柯拉蓉、拉莫斯、艾斯特拉達以及艾若育，不是施政無能就是貪腐無饜，搞得國家經濟每下愈況，菲國百姓只好紛紛出國打工幫傭。很多國家的政治批評者在抨擊本國政府時，常常都提出「小心變成下一個菲律賓」的警語。

不過三十年風水輪流轉，現任菲律賓總統艾奎諾三世於二〇一〇年六月上任至今，竟然翻轉了菲律賓經濟，特別是從二〇一二年開始，每年成長都維持在百分之六或七以上。菲律賓也因此博得「亞洲新小虎」之名。

艾奎諾三世是柯拉蓉之子，在當選之前是一名在國會中幾無任何建樹的參議員。當時艾奎諾三世是以高票當選菲律賓第十五任總統，但幾乎所有的評論都眾口一詞指稱他的當選，是由於他是馬可仕時代遭暗殺，頗受菲人敬重、愛戴的反對派領袖班尼格洛·艾奎諾和他的妻子—後來成爲總統的柯拉蓉·艾奎諾的獨子之故。特別是當時柯拉蓉新逝，很多菲人在感情投射的情況下，將選票投給了他。

艾奎諾三世當選之前就花名在外，當選之時有位擔任維能瑞拉市市議員的女朋友夏蘭妮，但上任之後不久，又和知名韓裔女主播李京熙傳出緋聞，結果在李京熙高調承認之後不久，兩人又宣告分手。

甚至於在泰國美女總理穎拉二〇一二年一月十九日赴菲律賓作正式官方訪問時，深知其兄癖好的艾奎諾三世的妹妹克瑞絲，還在自己的「推特」（Twitter）上貼文，指稱「她（穎拉）身材高眺、苗條、嫵媚動人，今年四十四歲，跟總統（艾奎諾三世）配在一起，太完美了」。克瑞絲這種不符外交儀節的說法，當時引起許多網友負面反應，但也反映出艾奎諾三世確實是位「花花公子」。

艾奎諾三世自一九八八年開始從政，連選連任三屆國會議員，但大家都公認艾奎諾三世是靠著家世、背景，才能在一直維持「莊園政治」傳統的菲國政壇一帆風順。這在菲律賓，大家也早都習以爲常。

如前所述，艾奎諾三世從未在國會有任何像樣的表現。因此儘管他在競選時打出「掃除貪腐」、「重建經濟」的口號，其實菲律賓人對他並沒有太多的寄望。

所以當年他當選總統之後，幾乎沒有任何評論看好他會是一位好總統，反而是一片等著看笑話的氛圍。

尤有甚者，他上任之後不久就證明了他的不進入狀況。當時，發生了香港遊客在馬尼拉遭挾持，警方營救人質行動荒腔走板，導致多人死亡，騰笑國際的事件。

結果艾奎諾三世在處理該事件時，表現得漫不經心，還在電視鏡頭前面露笑容，甚至在媒體詢問時表示「微笑也是表現哀傷的一種方式」，實在讓人錯愕。

沒想到這位不進入狀況的「花花公子」，之後的表現卻可圈可點，政績可以用「斐然」來形容。

首先，他在二〇一二年十一月，高調地在馬尼拉國際機場，硬是把涉及貪瀆，但有合法出國許可，以赴國外就醫爲由，實則企圖出逃的前總統艾若育攔堵、逮捕，當時艾若育還戴著頸箍護具、坐著輪椅。

艾若育最先以罹患罕見骨科疾病爲由，申請出國治病，但是菲國政府予以拒絕，並表示艾若育一旦出國，很可能會滯留在外，躲避對她涉嫌貪腐、舞弊的控告，菲國政府同時表示願意出錢請醫師前往菲國看診，就是不准她出國。

但艾若育下台前早已安排好最高法院人事。當年十一月十五日下午，菲國最高法院判決不准艾若育出國治病乃屬違憲。艾若育隨即與夫婿荷西在當天晚間就前往馬尼拉國際機場，準備搭機前往新加坡，然後轉往西班牙治病。

不過菲國政府以未收到法院正式文書爲由，在登機門前攔堵艾若育，不准她離境。無奈之餘，艾若育與荷西只得折返。

菲國最高法院三天之後再次作出判決，維持先前判定政府不准艾若育出國違憲。當時即有跡象顯示艾若育將於當天再次試圖離境，但菲國選委會同日提出「選舉舞弊」控訴，次級法院緊接發出逮捕令，菲國國家調查局幹員則於晚間六時三十分左右，將拘捕令送到艾若育的病房，由她親自接收。

逮捕艾若育，所提控的罪名確實有點「急就章」，過程也顯得粗糙，但是艾奎諾三世顯然認爲他承擔不起艾若育「走脫」的風險，而且辦了艾若育這條「大魚」，象徵意義極高，有助於隨後掃除貪腐的行動。

這整個過程顯示出菲國當局必欲置艾若育至絕境的決心，甚至不惜與最高司法當局牴觸。而菲國的做法，很大程度就是出於艾奎諾三世的個人意志。他完全是想藉著對付艾若育來展現打擊貪腐的決心，結果獲得一片叫好聲。

其次，菲國在二〇一二年十二月通過因天主教會強烈反對而延宕多年的控制生育法。菲律賓生育率達三·一，讓菲國一直陷在人口成長過速的困境中，但卻又一直無法推動節育計畫。主要就是因爲菲國人民超過百分之八十信仰天主教，過去十多年，天主教會成功遊說甚至威脅政治人物在國會封殺節育計畫，沒有任何政治人物敢攖其鋒。結果艾奎諾三世卻做到了。

但艾奎諾三世最大的成就是翻轉菲國經濟，他曾在「世界經濟論壇」上發出豪語，宣稱只要氣候配合的話，菲律賓的稻米產量不但可以達到自給自足，甚至可以扭轉十餘年來的趨勢，轉而爲稻米輸出國。

他並未食言，上任後菲律賓的經濟大幅翻揚，二〇一〇年的經濟成長率高達百分之七·六，是自一九七六年以來的歷史新高。「經濟學人」智庫預估二〇三〇年，菲律賓平均成長率將達百分之五·四，高於金磚四國的俄羅斯、巴西，甚至歐美。

艾奎諾三世在南海問題上雖然仗著美國的勢，但確是歷來對中國在此問題上最強硬的菲國領導人。他甚至多次在談到中、菲南海主權爭執時，將中國與納粹德國吞併捷克領土事件相提並論，並稱西方如坐視不理將重蹈二戰覆轍。

中國官方「新華社」曾經因此發表評論文章，斥責艾奎諾三世只是個對歷史、現實無知的業餘政客（Amateurish Politician）。

「新華社」將一國總統批評為「業餘政客」，當然很不客氣，甚至很苛刻，但是考察艾奎諾三世一直以來的言行，他的很多表現還眞的很「業餘」。

不過現在這位「業餘政客」卻神奇地扭轉了菲律賓經濟頹勢，甚至於讓鄰近的香港、新加坡感到坐立難安。

艾奎諾三世的策略最重要的就是杜絕貪腐，把「搶救回來的」國家的資源大量投入國內建設，包括蓋發電廠、修橋築路興建學校、開發鄉下地區，單單這些項目，就已經創造超過四百萬的就業機會，進而在國際信用評比公司的投資環境排名提高，開啓更多的國外投資的可能。滙豐全球研究部門（HSBC Global Research）更預測菲律賓在二〇五〇年，將成爲全球第十六大經濟體。

菲律賓的另類總統——杜特蒂

因為作風剽悍而被稱作「牛仔市長」的杜特蒂二〇一五年十一月才投入總統選戰，是起步最晚的一位競逐者。但這位頗引起爭議的政治人物，從一開跑就造成震撼，雖然在長達半年的選戰中，杜特蒂曾經數度因為失言而民調起起落落，可是從來未曾落後最強對手太多，在選戰末期，民調更是節節上升，呈現破竹之勢。最後，杜特蒂以壓倒性的一千六百萬票贏得選舉，足足超過次高票者六百萬票之多。

二〇一六年五月三十日，菲國舉行國會公告總統當選儀式，結果杜特蒂當天並未按照傳統出席儀式，而是留在他擔任市長二十多年的那卯市。

杜特蒂在前一天就告訴媒體記者，「我不會出席公告儀式。我這輩子從未參加過任何公告儀式」。他也表示上任之後不會馬上搬去位於馬尼拉的總統府馬拉坎南宮，而是天天從那卯搭機前往馬尼拉通勤，直到他適應總統府生活為止。因為「我聽說馬拉坎揚宮裡鬧鬼，而且我的床在這裡（那卯），我的房間在這裡，我的家是我最感舒適的地方，能舒服地睡覺與洗澡，對我是很重要的事」。

另外，杜特蒂那段時間連日在那卯市多家酒店舉行記者會，闡述上台後的政策。只不過記者會都在午夜舉行。杜特蒂表示，這樣的工作時間將是他的「常態」。他說，他當總統後工作時間將是每天下午一時至午夜十二時，「我才不管什麼朝八晚五的時間表。那個時候我要睡覺，怎麼能要我工作呢？」

杜特蒂擔任市長期間就習慣工作至半夜。他曾經公開表示，他頭腦最清醒的時候是晚上六時至十時。

杜特蒂於同年六月三十日正式就職，再度展現他「另類」的一面。

首先，他的就職相對低調，除了駐在菲國的使節之外，沒有邀請任何外國領袖「共襄盛舉」，整個過程也只開放給本國媒體採訪。

其次，杜特蒂現在是單身，所以菲國沒有「第一夫人」。但杜特蒂就職當天卻拍了兩張「全家福」照，一張是和前妻及家人的照片，另一張是和現在同居人及家人，不過對菲國大眾公開的是前者，足見杜特蒂粗中有細，對前妻也是有情有義。

杜特蒂七月二十五日發表上任後的首份國情咨文，結果有上萬民眾在國會大廈附近遊行，表達對他的支持。這與歷屆總統發表國情咨文時都有團體示威鬧場的情景大異其趣。向來不按牌理出牌的杜特蒂在發表嚴肅的國情咨文時，也不是乖乖照本宣科。他盯著字幕機唸稿三十分鐘後就「脫稿演出」，讓原定四十分鐘的演說拉長至一個半小時。不過，其演說不時引起哄堂笑聲和掌聲。

菲國歷屆總統發表國情咨文時，出席的政商名流們的行頭往往比總統的演說更吸引媒體。由於與會者競相以華麗服飾走紅地毯進入會場，讓這個場合有「政界奧斯卡」或「時裝秀」之稱。總統演說後的奢華餐點也經常引起許多批評。

不過杜特蒂此次也顛覆了這些「傳統」。總統府在邀請函中通知出席者，「穿著樸素的傳統服裝或商務套裝即可」。演說後的餐點也從往年的烤肉、海鮮與蛋糕，改爲雞蛋沙拉、春捲、綠豆湯等簡單小吃。

當天受邀到國會大廈出席總統國情咨文發表大會的有大約三千人，包括歷任總統，但上一任總統艾奎諾三世並未出席。一般認爲，可能跟杜特蒂宣稱將允許前獨裁者馬可仕下葬國家英雄墓園有關。

杜特蒂係於六月二十三日在那卯市對媒體記者表示，他將允許菲國前總統馬可仕安葬在國家英雄墓園，經常語出驚人的杜特蒂也知道這個表態十分敏感，所以他表示將容許民眾針對此事進行抗議，並準備面對全國性的騷亂，「我將允許馬可仕總統安葬在國家英雄墓園。這不是因爲他是英雄，而是因爲他曾是菲律賓軍人」。

菲國民眾對馬可仕的看法兩極化。馬可仕家族及其支持者認爲，馬可仕在二戰期間反抗日本侵略，因此是二戰英雄。反對他的人指他是獨裁者，執政期間以軍法統治，違反人權的事例罄竹難書，也呑掠了國庫至少一百億美元。

艾奎諾三世的父親、前反對派領袖艾奎諾一九八三年由美國返菲時在馬尼拉國際機場遭暗殺，馬可仕被指是幕後黑手，是以他當然極力反對「殺父仇人」馬可仕移葬國家英雄墓園。

馬可仕政權於一九八六年遭「人民力量」推翻，由艾奎諾夫人也就是艾奎諾三世的母親柯拉蓉繼任總統，馬可仕隨後流亡夏威夷，於一九八九年病逝當地，遺體一九九三年送回菲國，一直安放在祖居的冷氣地窖內，未曾下葬。

另外，杜特蒂當時也指出，他將特赦仍羈押在軍醫院裡的前總統艾若育。杜特蒂表示艾若育被控貪污而遭關押的法理「薄弱」，所以計畫予以特赦。艾若育是在二〇〇一至二〇一〇年期間擔任菲國總統，卸任後被控受賄及選舉舞弊，自二〇一一年起被拘禁在一家軍方醫院。杜特蒂認爲，特赦艾若育有助於全國和解。

杜特蒂上任後，果然實現諾言。菲律賓最高法院二〇一六年七月十九日以十一比四的表決票數，以檢方提出的證據不足，駁回有關艾若育貪汙國家彩券慈善基金七百八十萬美元的控告。

杜特蒂也放話不惜對上勢力龐大的天主教會，要強行落實家庭計畫法令，以推動經濟增長。杜特蒂的經濟顧問就對媒體表示，杜特蒂要積極落實上述法令，「你要讓家庭計畫生育，按他們的能力養育孩子，才能改善貧窮與不平等問題」。

杜特蒂本人則表示，他將不顧天主教會反對，強推只生三個孩子的生育政策，「我要每個家庭都只有三個孩子。我是基督徒，但我也是現實主義者」。

菲律賓人口近年來已經出現失控現象，包括聯合國在內的多個國際組織紛紛提出呼籲，要求菲國政府採取措施控制人口增長，否則的話，過多人口將對菲國食品、能源、住房及環境造成嚴重影響。

不過由於菲律賓是區域內唯一的天主教國家，影響力巨大的教會一直反對推行人工避孕的措施，更別提人工墮胎。菲國的政治人物都因爲怕得罪教會而不敢支持甚至取消控制人口法案，直接造成的結果就是子女眾多，超出扶養的能力，進一步導致整體健康、生活品質的下降。

研究顯示，一般的菲律賓家庭希望能有四個孩子，但是貧困的夫婦卻平均生了六個，很多家庭甚至有八至十個孩子，導致父母必須不顧健康無日無夜拚命工作，以求能養家活口。

很多婦女因此而對夫妻性生活產生排斥，結果又轉而變成性暴力的受害者，造成更多社會問題。

今年七十一歲的杜特蒂經常針對天主教會語出驚人。他曾經指稱天主教會是菲律賓「最虛僞的機構」，甚至直斥神職人員爲「妓女之子」，也公開表示天主教會經常干預政府的決策，並指一些主教剝削窮人而自肥。

不過在眾多議題中，最引人注目的還是他的反毒政策。

杜特蒂向來強調毒品對國家危害很大，堅持以嚴刑峻法對付毒梟，並且下令警方對販毒者格殺勿論。他說，「（反毒）工作不必心慈手軟，我們將對毒梟、其金主和毒販斬草除根，除非他們投降或入獄，否則就如他們所願長眠地下」。

杜特蒂在國情咨文演講中透露，六月間共有十二萬人向警方自首，包括大約七萬名毒販。但他沒有提到他上任後有多少毒販被擊斃。警方曾說遭擊斃者有兩百四十人，但有人認爲實際數字應該更高。

根據警方數據顯示，從二〇一六年七月一日到十九日期間，有共有一百九十四名涉毒嫌犯因「拒捕」而被警方擊斃，平均每天十人。

七月十八日當天，在馬尼拉以南六十公里的塔納萬市，上千名嗜毒者和販毒者集體向當局投降。

菲律賓主流媒體則刊出報導，指稱五月十日至七月十五日期間，已有四百零八名涉毒嫌疑犯被打死。媒體上也天天有涉毒者在肅毒行動中橫死街頭的照片和影像。一名向當局投降的前癮君子說，他在兩名同伴橫死之後決定自首。他說，「我不想被殺，我眞的很怕」。

杜特蒂本人還在七月十五日高調召見他口中的大毒梟林彼得，當面向對方說，「我會處死你……我會把你幹掉！」杜特蒂是於七月七日通過全國電視，直接點名林彼得是大毒梟。不過被召見的林彼得否認他就是那個「林彼得」。

來自宿霧的林彼得告訴杜特蒂，「我的家人現在在宿霧很危險，我們面對各種威脅」。他的家族在宿霧市經營多種生意。但是杜特蒂卻說，「我不會說對不起，你今天來到這裡，就因爲你是毒梟嫌疑犯」。

杜特蒂在打擊罪犯方面，最引人側目的，就是他使用的方法，也是他在擔任那卯市長二十年期間最受議論但卻最有效的方法。

過去長期以來，那卯本是綁匪、強盜、反叛分子和私人武裝的安全避風港，甚至台灣黑道分子出了事，也有很多往那卯跑。

但是杜特蒂出任市長後，這個情形卻開始改觀。據說，單單二〇〇六年一月間，就有四十八個人被私刑處死。另外，根據菲律賓媒體報導及警方報告，過去十年裡，總共有一百多名小偷和毒品走私販在那卯市內被打死，都是兩名騎摩托車的男子用手槍近距離射擊。這些被打死的人，有的已被宣告有罪，有的已受到指控，也有人還沒有被正式逮捕。

那卯人都指證歷歷，說是市長「行刑隊」的傑作。杜特蒂本人從來不承認有私人行刑隊，但是那卯人都知道有個名叫「ＤＤＳ」的組織，其實就是「杜特蒂敢死隊」的意思。有意思的是，杜特蒂本人對這些傳言也從不澄清，顯然也有意藉之遏阻犯罪。

正因爲他對治安的整頓，所以七連任那卯市長，說他是菲律賓的「南霸天」，並不爲過。而那卯之所以治安好，是因爲這裡是菲律賓唯一「執行死刑」的地方，而且「行刑者」不是別人，就是杜特蒂身邊的十二名保鏢。

杜特蒂在第一任市長期間，所面臨的第一項挑戰就是恢復那卯市警察局的聲譽。當時在遭到「新人民軍」連續幾年的攻擊之下，警察們在處理社會治安問題時總是心懷恐懼。杜特蒂剛上任不久，就得到消息說是有幾名綁匪正準備帶著勒索所得款項逃離那卯。結果杜特蒂親自帶領警察埋伏在綁匪必經地點，槍戰之後當場打死四名綁匪中的三人。經此一役，杜特蒂聲名大躁，那卯人也都突然發現他們有了位「牛仔市長」。

那卯人都知道，在那裡犯罪是「事不過三」的。也就是說不管販毒也好、搶劫也好，只要犯到第三次，那就是死路一條。

許多那卯人都知道的故事是一位毒販第三次被捕，他的老父繳付保釋金後，兩人才步出拘留所不久，就有一輛摩托車駛近，不由分說當場將那位毒販格斃，他的老父承受不住打擊，竟然驚嚇得精神失常，雙手捧著愛子身上流出的鮮血生飲。

類似的故事，任何一個那卯人都能毫不費事的信手拈來。

杜特蒂更在總統選戰後期造勢大會上公開向罪犯挑戰，「我現在站在這裡，你們（罪犯）要殺我就要快，否則等我當選了，我會把你們殺光，我的掃蕩，沒有不流血的」。

他當選之後也公開呼籲大家開設殯儀館，因為「你們的生意會很好」。

杜特蒂所委任的國家警察總長德拉羅沙，就是在他擔任那卯市市長二十二年任期內跟他配合無間的警察局長。杜特蒂在德拉羅沙的布達儀式上說，「如果你們（警察）因為執行任務而殺人，我會保護你們」。德拉羅沙本人也警告那些和毒販有聯繫的警察，最好趕快自首，否則就等著被殺。

不僅如此，杜特蒂在當選後表明爲厲行法治，將恢復死刑，同時爲了「節省子彈」，他要恢復的是「絞刑」。杜特蒂賦予安全部隊「格殺勿論」的權限，打死毒販還將有賞金，甚至也呼籲民眾殺死涉毒嫌疑犯，「如果你們（百姓）殺死一名大毒販，可以獲得五百萬比索賞金（約三百三十萬台幣），如果是活捉，就只能得到四百九十九萬九千」。

不過，杜特蒂也並非只會殺人。

杜特蒂表明要制止網上賭博，菲國博彩業監管機構隨即宣布暫停發放網路賓果遊戲廳和網路遊戲咖啡座的營業執照。菲國官方數據顯示，在剛卸任的艾奎諾三世政府執政六年期間，新開張的博彩遊戲咖啡座激增，這些咖啡座設有電腦讓顧客上網玩撲克牌、吃角子機、樂透遊戲。

菲律賓的網路賓果遊戲機從艾奎諾三世二〇一〇年六月上台時的兩千一百六十台，增加至目前的一萬兩千台。網路博彩遊戲機從四千六百六十二台增至七千台；網路遊戲咖啡座則從一百九十家增至兩百七十七家。

在經濟方面，杜特蒂表示將改善目前面對的各種問題，包括全面翻新老舊的道路、橋梁與火車等基礎設施，同時將加速各種商務申請的審批。他也承諾引進新科技，改善菲國目前的龜速網路，提供免費 WiFi 與全面的醫療福利。

杜特蒂表示，目前的政策讓菲國成為亞洲經濟增長最快的國家之一，他將延續這方面的政策。同時，他將下令軍方協助取締非法伐木及開礦。

在安保方面，杜特蒂宣布將與分離主義武裝和談以結束衝突，包括單方對菲共叛軍新人民軍停火。

杜特蒂還未上任前，就已經啓動與菲律賓共產黨的和平談判，同時宣布會讓流亡海外的菲共創始人西松安全回國，以及釋放所有政治犯，包括菲共主席貝尼托·狄安森夫婦。菲共的武裝叛亂持續了四十多年，造成至少三萬人死亡。前任總統艾奎諾三世於二〇一〇年上台後，也一直積極啓動和談，希望能在任內與菲共達成和解，但卻在二〇一三年拒絕菲共提出「釋放政治犯」的要求後，宣布政府與菲共之間的和談破裂。

在國政上，杜特蒂準備將菲國的政體由中央集權制改為聯邦制，把目前總攬於首都的大權下放，讓全菲八十一個省份變成州屬。

他在競選期間說過，菲國自二戰結束後獨立以來所實施的現行政治體制，讓政治菁英階層一直獨攬大權，他認為這是造成菲律賓無法擺脫貧窮和國內伊斯蘭叛亂不斷的根本原因。

按照杜特蒂設想的聯邦制，未來的各州將享有很大的自治權，可以保留各自大部分的收入。他相信，這將能推動貧窮地區的經濟發展，從而也可連帶解決因貧窮而導致的伊斯蘭少數族群叛亂問題，中央政府只要繼續擔當國家職責即可，如國防、外交、海關等。

杜特蒂也宣布將馬上改善菲國基礎設施、創造就業，使全國四分之一人口脫離貧窮。杜特蒂誓言將擴大經濟活動範圍，讓國家經濟活動不再密集於首都馬尼拉這個「布滿棚屋區的死城」。他打算在首都馬尼拉以外設置經濟區，以創造更多就業機會，而不會再允許在馬尼拉建造任何新工廠。

杜特蒂競選期間一再強調，他當選後優先處理的問題之一是提升兩千六百萬名生活在貧窮線以下菲律賓人的生活；菲律賓官方對貧窮人的定義是，每天只靠不超過一點三美元過活的人。這個階層目前占菲律賓人口的四分之一。

根據官方數據，馬尼拉貢獻了菲律賓全國經濟總量的三分之一，大馬尼拉地區的另兩個區則貢獻了四分之一。

總之，許多人把杜特蒂類比為同樣是「大嘴巴」的美國總統唐納·川普，而將他稱為「菲律賓版川普」，甚至直接將他稱為「狂人」。

其實，有超過二十年從政經驗的杜特蒂絕非「狂人」。相反的，儘管他的手段也許可議，但他卻是一位極有執行能力的行政首長。

不悔伊美黛：永遠的權貴圖騰

談到菲律賓的政治人物，最具有全球性知名度的，莫過於前第一夫人伊美黛．馬可仕，而且她的知名度來源很特別，就是隨夫婿、前獨裁者馬可仕於一九八六年遭「人民力量」推翻匆匆辭廟前往夏威夷後，居然在總統官邸留下三千雙鞋子，造成舉世譁然，也成爲兩夫婦貪婪的「證據」。

其實，馬可仕夫婦在菲國聚斂財富，是舉世皆知之事，但用這三千雙鞋子來佐證，卻有點渲染離題。

我曾經於二〇〇七年四月在菲國首都馬尼拉專訪伊美黛，她就忿忿不平地表示，「他們爲什麼老要提那三千雙鞋子？爲什麼不提我爲菲律賓完成的這麼多計畫，爲什麼不去看看文化中心，不去看看會議中心？我所完成的計畫比鞋子要多得多」。

提起那有名的三千雙鞋子，當年七十七歲的伊美黛還眞是顯得一肚子火。她說，「其實也沒有三千雙那麼多啦，我是『在職的第一夫人』（Working First Lady），當然需要一些稱頭的鞋子，而且其中大概百分之八十是我多年來協助推廣菲律賓製鞋業而獲贈的樣品鞋」。

伊美黛的這個說法應該是可信的。

從一九六五年到一九八六年擔任過長達二十一年菲律賓「第一夫人」的伊美黛，當然有可觀之處。她那位於馬尼拉高級區「太平洋廣場」的公寓房子並不頂大，也不頂豪華，不過客廳的一張桌子上擺滿了她與各國領袖的合照，有毛澤東、卡斯楚、格達費等等。其實牆上還有，沙發椅上也放了幾張。光是同樣毛澤東對她行吻手禮的就有三張。她手指著照片就開始笑談當年見毛澤東時，毛澤東如何在她先行完菲律賓的頂手禮之後，一把抓起她的手親吻的往事。這段往事，在將近四個小時的訪談過程中至少重複講了三次。

有關那次與毛澤東見面，其實還有個漏網新聞。

當年，毛澤東本來並未安排見伊美黛，後來是伊美黛耍了一些撒嬌小技巧，才獲得安排，結果中國官方「新華社」老攝影記者杜修賢在目睹毛澤東有點忘形親吻伊美黛纖纖玉手的時候，一直不敢按下快門而引爲一生憾事。

毛澤東欽點的英文教師、當時在雙方會面時擔任翻譯的章含之在二〇〇三年出版的回憶錄中「總統夫人（伊美黛）哭著鼻子要見毛澤東」的章節中，透露了伊美黛是如何見到毛澤東的往事。

章含之寫道，「在我外交生涯中所遇到的最富色彩的人物恐怕就是菲律賓總統馬可仕的夫人伊美黛．馬可仕。一九七四年，伊美黛來華訪問，爲其丈夫馬可仕總統的訪問作準備。那時，毛澤東主席不在北京。

在見過周總理等人後，李先念副總理會見她，並正式告訴她由於毛主席不在北京，這次就不見她了。我從未見過一位元首的夫人如此充分地利用她女人的優勢作爲外交手腕，當時我是翻譯，坐在伊美黛和李副總理後面。

夫人先是表示非常失望和難過，希望中方重新考慮。李副總理又一次說明並非毛主席不願見她，而是確實不在北京，請她諒解。

此時，伊美黛沉默了幾秒鐘，隨即取出一方手帕，開始擦眼睛，繼而聽到她細微的抽泣。一時間，李副總理不知如何是好。伊美黛接著把她抹眼淚的手帕輕輕地拋到茶几的李副總理一邊，不再說話，也不告辭。

李副總理望著面前那方手帕，不知是不予理睬還是應當撿起來還給她。

最後，伊美黛成功了，李副總理答應她再考慮毛主席會見的可能性。伊美黛此時破涕爲笑，熱烈握手後告辭。她知道已勝券在握。最後，毛主席雖然眼疾很重，但還是同意會見她，我們用專機把馬可仕夫人送到武漢會見毛主席，使她如願以償。第二年，馬可仕總統訪華，伊美黛出盡風頭。」

會面的當天，馬可仕夫人帶著她的兒子準時到達。毛澤東站在客廳的門口迎接客人。盛裝的馬可仕夫人先上前和毛澤東握手，準備再轉身介紹她的兒子。就在這個當口，一個令人不可思議的畫面出現了。

毛澤東用萬分驚喜的目光打量著光彩奪目的馬可仕夫人，伊美黛微笑的把手伸了過去，毛澤東竟然沒有去握，而是托起這隻「資產階級」的玉手擱在嘴邊忘情的吻了起來。

當時，能將不少「毛主席語錄」倒背如流的杜修賢被神壇上的毛澤東這個出乎意料的舉止驚呆了，馬上浮上他腦際的，是如果拍攝下這個鏡頭，自己會不會被扣上「妄圖破壞偉大領袖光輝形象」的現行反革命大帽子而論罪？杜修賢從來沒有感到相機是如此沉重，哆嗦了半天，他還是沒敢按下快門。

毛澤東的這個舉動堪稱破天荒，也難怪伊美黛這麼多年後還津津樂道。她也暢談當年在的黎波里應已故利比亞強人格達費之請，向回教國家組織發表演說的榮耀。伊美黛在談這些事情的時候，顧盼之間充滿了自信、自負，就好像自己還是「第一夫人」，只是老了一點而已。

在那次的訪問之前不久，伊美黛又引起轟動，因爲她推出自己的珠寶設計，很多人自然聯想起她過去那些奢華的傳說。但是她指著那些用貝殼、假珠寶所做成的飾物，「這些原先都是不值錢的垃圾，我只是把它們回收再利用，根本算不得是一種生意」。

除了繼續做「美的大使」之外，伊美黛另外一個重要的工作是矢言要爲她自己和馬可仕平反。她把馬可仕於一九四六年在聖璜市購置的豪宅布置成講堂，書房裡擺滿了他們在美國被起訴的總共三十五萬份文件。

每有訪客來到，伊美黛就會拿起教鞭，慷慨激昂地陳述當年如何在美國堅忍不屈地打官司，「你們知道嗎？美國法庭一九九〇年判我無罪的那天，正好是我的生日。還有，你們知道嗎？馬可仕的生日是九月十一日（九一一）」。

根據伊美黛的推論，馬可仕在「所謂『人民革命』」中的表現，不折不扣是菲律賓的民族英雄，「馬可仕此生最偉大的時刻就是在『EDSA I』（第一次人民革命）時，不是他成爲最佳律師時，不是他成爲受勳最多的二戰英雄時，也不是他成爲菲律賓總統或唯一能夠連任的總統時，而是在他身兼三軍總司令最有權勢的時候，卻並沒有運用權力來摧毀那些背叛他的人」。

伊美黛接著轉身用教鞭指著掛在牆上的圖表，一一細數馬可仕之後的歷任總統所編列預算的數據，「你看，艾奎諾才做了一任總統，她的預算超過馬可仕二十一年總統的多少倍，羅慕斯也是一樣，結果他們說馬可仕貪瀆？」

伊美黛不但「不悔」，這麼多年來，她念茲在茲的就是帶領家族重返政壇，厚積爲馬可仕平反的實力。二〇一三年五月的菲律賓期中選舉，馬可仕家族就在伊美黛領頭之下攻城掠地。

當年八十三歲的伊美黛（Imelda Marcos）在家鄉北伊羅科斯省（Ilocos Norte）拿下百分之八十八的選票，連任眾議員。伊美黛的女兒依咪（Imee）在沒有對手競爭的情況下，順利連任北伊羅科斯省省長。依咪的表親巴瓦（Angelo Barba）也在沒有對手情況下當選副省長。

伊美黛的另一個大計畫，就是準備有朝一日將馬可仕之子小馬可仕（Ferdinand Marcos Jr.）推上菲律賓總統寶座。她認爲唯有如此，才有機會平反馬可仕。

大家不妨拭目以待。

使命感特強的馬哈地

東南亞有兩位使命感及能力都很強的政治領導人，一是二〇一五年三月二十三日去世的新加坡開國總理李光耀，另一就是隔鄰馬來西亞前首相馬哈地。

李光耀是於一九五九年開始擔任總理，直至一九九〇年交棒給吳作棟，前後長達三十一年，創下當時東南亞國家總理任期最長的紀錄。馬哈地也不遑多讓，自一九八一年到二〇〇三年，前後四任，當了二十二年的總理。

這兩個人還有個共通點，就是使命感特強。

李光耀曾經公開說過，如果他死後，新加坡走上岔路甚至開始毀敗，他會從墳墓中爬出來予以拯救。李光耀爲新加坡打下了相當良好的基礎，要走向衰敗，也不是這麼容易的事，他應該可以放心安息。

至於馬哈地，他雖然已經九十一高齡，但也許因爲是醫生出身，身體保養得很好，望之如七十許，頭腦敏捷更一如往昔。

他是在二〇〇三年交棒給親手挑選的接班人，形象清廉，有「好好先生」之稱的阿都拉．巴達威。

馬哈地下台之後的前幾年還頗為低調，對馬國的政事也很少置喙，但隨後就按捺不住了，開始對阿都拉的施政指指點點，陸續做出批評。到了「國陣」於二〇〇八年大選失利，喪失了長久以來國會席次三分之二的優勢，馬哈地砲火全開，指稱除非阿都拉下台，否則無以拯救「巫統」。

阿都拉在面對此一情勢時，仍一本他向來溫和的態度，不予反擊、辯駁。無可奈何的馬哈地終於祭出撒手瞷，高調宣布他退出「巫統」。

馬哈地的這一狠招確實起了作用，不少「巫統」高層因之呼應馬哈地的逼宮，終於導致阿都拉在二〇〇八年十月宣布提早至二〇〇九年三月的「巫統」黨選後讓權，同時也不尋求蟬聯「巫統」主席。阿都拉此舉等於實質上宣布辭職，到次年正式退職，前後擔任總理六年。

馬哈地當年逼退阿都拉時，就力主交棒給現任總理納吉，甚至還在納吉於二〇〇九年四月三日就任的隔天，親手遞交入黨表格和兩馬幣的入黨費給納吉，恢復「巫統」黨員身分，做足了支持納吉的姿態。

沒想到也恰恰是六年之後，馬哈地又發動逼退納吉。前次逼退阿都拉時，馬哈地先是在媒體發難，不料卻遭官營媒體封殺，馬哈地於是轉而利用網路博客砲轟，終而成功拉阿都拉下馬。

這次馬哈地則是直接用博客發難，痛批納吉領導無方，已無法重振「巫統」，繼續戀棧的話，「國陣」將失去政權，同時他也對納吉的「海外財富」以及豪奢生活提出質疑，要納吉公開說明。

馬哈地這次是否能成功，還要看後續的發展。但是他的「大家長」心態，卻已表露無遺。更諷刺的是，他先後拉下的安華、阿都拉，以及這次的納吉，當初都是他親自挑選、掛保證的人。

只是面對著馬哈地的發難，納吉也不是省油的燈，見招拆招，毫不含糊，不但把馬哈地主要盟友、前副總理慕尤丁撤職、驅逐出黨，也迫使馬哈地之子、吉打州州務大臣慕克立辭職退黨，甚至於馬哈地本人都在二〇一六年二月二十九日宣布退出巫統。

一時之間，許多人都認爲馬哈地大勢已去，在與納吉的鬥爭中已無勝算。

孰料馬哈地竟和慕尤丁聯手石破天驚註冊成立新政黨「土著團結黨」（Parti Pribumi

Bersatu Malaysia，簡稱土團黨），隨後就宣布廣收黨員，並稱「土團黨」將開放讓西馬、沙巴和砂嶗越所有土著和馬來人申請入黨，也接受其他種族加入成爲附屬黨員，但只有土著黨員有選舉與被選舉權。

馬哈地也旗幟顯明地號召馬國「希望聯盟」成員黨「公正黨」、「民行黨」及「誠信黨」合作，同時積極拉攏「伊斯蘭黨」，以打造馬國最強大的在野聯盟，準備在下屆全國大選推倒「國陣」。

如果馬哈地的這項團結反對黨的策略獲得成功，以他本人的號召力加上眾反對黨的實力，在來屆大選中攻城掠地甚至擊潰執政聯盟，並非完全無法想像的事。

馬哈地是在一年多前納吉捲入「一個馬來西亞發展有限公司」（一馬公司）醜聞以及「七億美元捐款案」後，一再公開砲轟納吉及要求他下台，但納吉否認指控，並反擊馬哈地試圖垂簾聽政。

比較讓納吉及巫統領導層心驚的是，馬哈地本人在二〇一六年九月五日突然現身法庭，和身在牢獄但當天出庭的宿敵反對黨實質領導人、「公正黨」顧問安華上演了一場被稱作「世紀之握」的握手言和戲碼。

尤有甚者，兩人接著發表聯合聲明，要求馬國全民一同反對二〇一六年國家安全理事會法令（國安會法），希望爲國家帶來轉變。聲明中指出，由納吉推行的國安會法已經破壞馬國民主制度，在這項法令下，幾乎所有國家主要機構如警方、反貪會、總檢察署、國家銀行等都被納吉所控制。

這兩位世紀之政治寇讎將目標對準納吉，擺出攜手合作的態勢，絕對會讓納吉所領導的巫統寢食難安。

馬哈地在英國首都倫敦發表演說時指出，如果反對黨聯盟在下屆大選中獲勝，新成立的「土團黨」主席慕尤丁將出任總理。但他也表示，「我們目前不會說什麼，除了如果反對黨聯盟贏得大選，最有可能出任總理的將是慕尤丁，不過這也須視『土團黨』是否會選他爲黨主席，也取決於反對黨聯盟決定要誰當總理」。

比較引人側目的是，馬哈地也談到反對黨贏得下屆大選後，未來總理應有的權力。他說，「未來的總理將不會是毫無約束，因爲『土團黨』不只有主席，也有總主席」。馬哈地本人即爲「土團黨」總主席。

馬哈地表示，總主席將需要參與協商政府事務，以確保總理不會獨自做出決定，「當然，他有自己的內閣，但內閣有時候會無法制衡總理」。

只不過馬哈地這麼早就露出意圖「垂簾聽政」的想法，恐怕並不見得有利於整合反對陣營。

事實上，「民行黨」代主席陳國偉在接受馬國《星洲日報》訪問時就指出，一旦反對黨在下屆大選獲勝，目前在監的安華依然是「希望聯盟」的總理人選。他強調，無論是「民行黨」、「公正黨」或「誠信黨」，他們在總理人選方面已有共識。

針對馬哈地指慕尤丁是出任總理的最佳人選，他表示那是馬哈地的意見。不買帳的態度相當明顯。

馬哈地有前述的想法，靈感不知是否來自於緬甸的翁山蘇姬。但翁山蘇姬的情況有很大不同，她是緬甸人民公認領導權遭軍方蠻橫剝奪的政治人物，因此她以「國務資政」的名義實際掌權，縱然軍方直指違憲，但仍能獲得國內人民、國際社會的支持。

馬哈地則不然，他是已退休的高齡老人，人民可能會感念他還關懷國事，可不見得希望看到他再指點江山，現在的反對陣營領導人，有不少也吃過馬哈地的苦頭，恐怕也不會服氣。

不管怎麼說，一位已經退休的老人，還有能力掀起政治波濤，馬哈地也算是一號人物了。

治國無方的革命家——薩拉納・古斯毛

一九九九年夏天一個炎熱午後，我在印尼首都雅加達一處不起眼的民房見到了薩拉納・古斯毛。他當時剛從惡名昭彰的西皮南監獄轉為軟禁，使得作為媒體記者的我，終於有機會採訪到這位東帝汶的傳奇游擊領袖。

那天具體談了什麼，大體上都忘了。但我記得其中一個問題以及他的答案。

我提出的問題是：「印尼總統哈比比說東帝汶除了岩石，什麼都沒有，所以才決定讓你們進行獨立公投。澳洲學者也做過研究，結論是東帝汶不可能脫離印尼單獨存活，那麼，你們追求獨立會不會是錯誤的方向呢？」

滿腔革命熱忱的古斯毛當時豪氣干雲地說，「我們會在岩石上栽出花朵」。

古斯毛一九四六年六月廿日出生在東帝汶首府帝力市以東約四十公里的馬納土托，曾在葡萄牙的殖民政府中任職，當過測量員及教師，公餘寫詩還得過獎；葡萄牙殖民政府

一九七四年突然撤出東帝汶，古斯毛隨即前往澳洲，開始參加「解放東帝汶革命陣線」的活動。

不料印尼一九七五年卻突然入侵東帝汶，隔年將之兼併為印尼的第廿七省。在入侵的前一週，古斯毛與革命陣線的同志從澳洲回到東帝汶進入山區成立反抗軍，與印尼軍隊展開游擊戰。他的妻子及兩名子女則逃往澳洲。

一九八二年，古斯毛在許多同志相繼犧牲後成為反抗軍領袖。一九九二年他自己也被俘虜，印尼當局聲稱反抗軍從此將一蹶不振，但事實並非如此。在古斯毛被囚禁獄中時，印尼政府將他描述為殺人不眨眼的冷血兇手，他卻設法讓自己成為全印尼最出名的政治犯，而最重要的推手，就是日後成為他妻子的澳洲人克瑞斯蒂·史沃。

克瑞斯蒂原先是在雅加達的人權工作者，後來成為東帝汶游擊隊的地下工作者。一九九四年耶誕節時，她謊稱古斯毛是她的叔叔入監探視，自此開始了他們之間的通訊。後來印尼將古斯毛轉為軟禁，克瑞斯蒂則以古斯毛英文教師的身分經常前往探視，兩人也開始發展出感情。

一九九七年，也曾是政治犯的南非總統曼德拉獲得印尼前總統蘇哈托的同意，得以首次見到古斯毛，這件事，在克瑞斯蒂有效利用西方媒體宣傳，使得古斯毛聲名大噪。古斯毛本人也能說善道，深具群眾魅力，是典型的革命家。

古斯毛隨後於一九九九年底獲得釋放，回到東帝汶就將一直還在等他的髮妻休掉，轉而娶克瑞斯蒂爲妻。

一九九九年八月底，東帝汶在澳洲等西方國家的支持下通過公投決定獨立。二〇〇二年五月二十日，東帝汶正式獨立，成爲世界第一百九十三個獲承認的獨立國家。深受人民愛戴的古斯毛很自然地成爲第一任總統。

但是，成爲總統的古斯毛卻無法爲東帝汶帶來穩定、繁榮，反而陷於跟政敵惡鬥之中，特別是擔任總理的阿卡提里。

阿卡提里其實是頗爲能幹的人。問題是，在東帝汶，總統是個虛位，並無太大的權力，權力主要集中在總理阿卡提里手中，但古斯毛在民間的聲望卻高過他很多。也許正因爲如此，古斯毛對於阿卡提里權力大過他之事，可能有些心理上的失衡。

古斯毛當時甚至賭氣不搬進新建的總統府，堅持在屋頂破了個大洞的舊教育部辦公，目的就是要凸顯他是「克難總統」，與在總理府中辦公的阿卡提里不同，進而企圖激起民眾對阿卡提里不滿。

古斯毛後來還曾挾著民意做後盾，逼阿卡提里辭職。並且公開逼宮，表示如果阿卡提里不辭，他就自己辭。

古斯毛是游擊隊出身，有革命者的浪漫，但行政能力有限，只不過他在民間聲望甚高，所以能挾持民意，打悲情牌與行政能力強得多的阿卡提里抗衡。五年任期中，兩人忙於互鬥，如麻國事基本上停擺，失業率達到讓人咋舌的百分之七十。

第二次大選時，古斯毛再打民意牌，表示總統職位受掣肘，結果如願於二〇〇七年八月當選總理，擠掉阿卡提里，但兩人互鬥並未停止。

就實際情況而論，東帝汶的治國人才，大多數都在「東帝汶獨立革命陣線黨」裡。但是古斯毛執意不讓他們出頭，上自部長、下至鄉鎮長，全面任用私人，甚至為了安撫各方勢力，成立了一個區域內僅見的超大內閣，總共有五十七位閣員。結果是許多人根本就不適任，造成管理不善、貪腐橫行，行政紊亂甚至於到了「無政府」的程度。古斯毛曾經說過，「如果人民的生活不能改善，那麼，獨立是沒有價值的」。

事後看起來，他也不過是說說罷了。

古斯毛當時是如願坐上了總理寶座，然而東帝汶並沒有變得更好，一直在接受大量國際援助卻無法眞正自立，甚至被許多評論員歸類於「失敗國家」。

根據國際危機組織的報告，截至二〇一三年，東帝汶的失業率仍然高達百分之七十一，全國有三分之一的人口生活在貧窮線下，百分之五十是文盲，全國貪腐盛行，政府機構行政效率奇差。

二〇一五年二月十六日，古斯毛辭去總理職務，不過他繼續留在內閣，出任規劃與戰略投資部長。古斯毛急流湧退，倒也不失爲聰明之舉，因爲他至少還可以保有東帝汶「國父」的地位。

畢竟，他當年夸夸其詞的「岩石上的花朵」，最後還是沒開出來。

當代亞洲藝術大師塔萬·杜暢尼

二〇〇四年，泰國首都曼谷詩麗吉皇后藝廊推出名為「三位一體」（Trinity）的塔萬·杜暢尼（Thawan Duchanee）回顧展。前往採訪的《民族報》記者克席林·佛丹帕立（Khetsirin Pholdhampalit）問了一個大膽的問題：「你自認為你的身價值多少？」

這個問題之所以大膽，是因為白鬍飄飄的塔萬以脾氣暴躁出名，對這樣稍嫌魯莽的問題，很可能是拂袖而去。

但是塔萬卻出人意外地回答了。他說，「我從來沒算過，但我從不知貧窮為何物。從三十三歲開始，我已經有足夠的錢活到一百歲，所以我可以不用擔心生活上的花費，全心全意奉獻給繪畫，但我也像是支兩頭燃燒的蠟燭，也許能發出更多的光，卻很快會燒盡」。

塔萬說得一點都沒錯。他很有錢，他在泰北清萊的住處名為「黑房子（Baan Dam）」，雖然名爲「房子」，其實是大大小小三十幾座建築，散落在上千英畝的土地上，其中收藏了他自己的作品，以及從世界各地蒐羅來的收藏，絕對是價值連城。

對於前述的「蠟燭說」，塔萬也沒說錯。經過與癌症奮戰三個月之後，塔萬在二〇一四年九月三日因腎衰竭過世，距離他七十五歲生日，才三個星期。以現代的健康環境及醫療技術來說，塔萬不能算是特別長壽。

只不過以他留下的藝術遺產來說，塔萬算是長壽了。他自己也在前述的訪問中表示，他在三十七歲時，已經用上好的木材，設計、做好了自己的棺材，「我現在（六十四歲）已經做好葬禮的計畫，我建造了許多房屋（黑房子系列）來收藏我的作品及收藏，我會死，但我的藝術一定要留下來」。

毫無疑問地，「三位一體」回顧展是塔萬此生最重要的展覽之一，但他卻不承認那是「回顧展」。他說，「如果說那是一次回顧展的話，主辦者可能需要環遊世界，從各地的博物館商借我的作品，那麼，單單保險費恐怕就要超過十億泰銖」。

雖說如此，那次的展覽已經動用了五輛十輪大卡車，從「黑房子」載運了三百件作品，由十個技術工作人員，花了四天的時間，才將展品掛滿整整三層的展廳。

而這些，僅僅是那次展覽前幾年的作品。

塔萬於一九三九年九月出生於泰北清萊府，在普當藝術學院開始他的藝術養成教育，隨後在曼谷知名的席帕空大學師承有「現代泰國藝術之父」之稱的義大利畫家科拉度．費羅西。畢業以後，塔萬於一九六四年至一九六八年間，遠赴荷蘭阿姆斯特丹的皇家視覺藝術學院深造，深入涉獵了西方藝術傳統。

塔萬回國之後，立即發展出他獨特的筆觸，以佛教的藝術爲底蘊，大膽地運用黑、紅兩色，描繪隱匿在人性之後的黑暗面。

塔萬那時的作品震撼了許多人，甚至引發了他褻瀆神靈、污衊佛教的批評。他的個展也經常引發攻擊，成爲藝術界最受爭議的人物。不過，也有不少知識分子對塔萬「離經叛道」的作品大爲驚豔。

塔萬的作品數量驚人，辦個展的頻率也相當高，在國內及國際上的名聲迅速崛起，很快就成爲泰國現代藝術的鋒頭人物。

塔萬的畫風傾向於超現實，筆觸、用色大膽狂放。他說，「我有次用了六秒鐘的時間畫了隻老鷹，但是不夠完美，我抓到了老鷹翅膀的力量表現，但卻沒把鷹喙和鷹爪畫好」。

很多人覺得塔萬畫畫只是大筆一揮而就。但塔萬表示他的畫作並不是出自奇想，「我曾經到美國亞利桑納州沙漠裡去觀察一種會跳躍的蛇，也曾經到菲律賓，花了三個月的時間觀察專吃猴腦的老鷹動作，那種老鷹動作快到猴子都無法感覺到牠的存在」。

二〇〇一年時，塔萬獲得泰國國家視覺藝術家殊榮。同年，他也獲得福岡亞洲文化獎，可說是實至名歸。

現在，這位偉大藝術家離世了，但是景仰他的人，仍然可以到「黑房子」去領略他的風采。

文學叢書 553

閒嗑牙@東南亞

作　　者　梁東屏
總 編 輯　初安民
責任編輯　宋敏菁
美術編輯　林麗華
校　　對　吳美滿　梁東屏　宋敏菁

發 行 人　張書銘
出　　版　INK 印刻文學生活雜誌出版有限公司
新北市中和區建一路 249 號 8 樓
電話：02-22281626
傳真：02-22281598
e-mail：ink.book@msa.hinet.net
網　　址　舒讀網 http：//www.sudu.cc

法律顧問　巨鼎博達法律事務所
施竣中律師
總 代 理　成陽出版股份有限公司
電話：03-3589000（代表號）
傳真：03-3556521
郵政劃撥　19785090 印刻文學生活雜誌出版有限公司
印　　刷　海王印刷事業股份有限公司

港澳總經銷　泛華發行代理有限公司
地　　址　香港新界將軍澳工業邨駿昌街 7 號 2 樓
電　　話　(852) 2798 2220
傳　　真　(852) 2796 5471
網　　址　www.gccd.com.hk

出版日期　2017 年 12 月　　初版
ISBN　978-986-387-218-4

定　價　320 元

國家圖書館出版品預行編目資料

閒嗑牙@東南亞 / 梁東屏 著；
--初版, --新北市中和區： INK印刻文學，
2017. 12 面 ；14.8 × 21公分.（文學叢書；553）
ISBN　978-986-387-218-4（平裝）
857.85　　106021488